汪曾祺经典

万物静观皆有灵

汪曾祺 著

主编 陈其昌

顾问 汪朗

译林出版社

摄于一九八五年

前言

一九九八年五月十八日，在鲁迅纪念馆，由北京市作协和高邮市人民政府联合主办的座谈会上，现任中国文联主席和中国作协主席铁凝为高邮市汪曾祺文学馆题写了“永远怀念汪曾祺老”。

铁凝主席称：“他像一股清风刮过当时的中国文坛，在浩如烟海的短篇小说里，他那些初读似水、再读似酒的名篇，无可争辩地占据着独特隽永、光彩常在的位置。能够靠纯粹文学本身而获得无数读者长久怀念的作家是幸福的。”

他就是他自己，一个从容的“东张西望着，走在自己的路上的可爱的老头。这个老头，安然迎送着每一段或寂寞或热闹的时光，用自己诚实而温馨的文字，用那些平凡而充满灵性的故事，抚慰着常常焦躁不安的世界”。我们认为，铁凝主席的题词和讲话，浓缩了汪老的为人为文的特点和内涵，以及在当代文坛不可替代的位置。

作为汪曾祺研究会会长，陆建华是长期研究汪曾祺的一个标杆。他概括过汪老的文学成就，大意是汪老把中断多年的现代抒情小说这条文学史线索又联系起来，且有自己的追求；汪老的作品显示了旺盛的生命力，继承与发扬民族文化传统对丰富与发展中国当代文学具有重大的现实意义；汪老梦萦故乡的作品以平民的视角写下了脍炙人口的名篇，一直受到广大读者的好评，其“身后文”受到持久不衰的欢迎，这在文学界是少见的。

被评为“扬州五十位文化名人”的朱延庆，说汪老作品中的人和事都有水气，平静如水，流动如水，明澈如水，变化如水，然而有涟漪，甚至波涛。水本无色，而色最丰；水本无形，而形最多。汪老的作品展现了平淡、自然、温和、隽永、五彩缤纷、无穷无尽的世界。我以为，朱公的评述中肯得体，是与汪老自述的“我的家乡是一个水乡，我是在水边长大的。耳目之所接，无非是水。水影响了我的性格，也影响了我作品的风格”一脉相承的，什么高雅、狷介、域外的清风，都与水的变化无常息息相关。正因如此，汪老的作品根植于中华民族优秀文化传统的厚土，又展示了二十世纪现当代百姓的生活画卷。

又如著名文学评论家王干所评：“汪曾祺的文字如秋月当空，明净如水，一尘不染，读罢，心灵如洗。”

在汪老百年诞辰之际，我们愿意跻身如林书海，推出“汪曾祺经典”丛书，既表达我们一“汪”情深，又旨在“传薪光潜德，瞩望在后生”，让汪味的作品得以广泛流传，任人选读，赏心悦目。我们愿以纪念汪老逝世二十周年的祭文作结。

汪公曾祺，星斗其文。爱国爱乡，赤子其人。

文学大家，学贯古今。才华盖世，四海清芬。
大师教诲，刻骨铭心。拜师从文，于师不逊。
佳作精品，妙手绘春。《受戒》传播，天籁之声。
书画诗文，草木有魂。塑造形象，入木三分。
人性为本，真情传神。有益世道，一往情深。
教化人心，隽永天真。乐为人间，频送小温。
瞩望后生，辛勤耕耘。兀兀穷年，久久滋润。
曾祺辞世，佳话遗痕。祭奠汪公，泪不能禁。
魂萦梦绕，不忘汪恩。桑梓乡亲，永远前进。

陈其昌

二〇一九年十二月六日

目录

代序

自题小像

近事模糊远事真，双眸犹幸未全昏。

衰年变法谈何易，唱罢莲花又一春。

一九八八年十二月二十五日

汪曾祺

绿猫

山沓水匝，树杂云合，目既往还，心亦吐纳。

春日迟迟，秋风飒飒，情往似赠，兴来如答。

——《文心雕龙·物色篇》

刚才我想的什么？——又一辆汽车飞驶而过，震得我好不难受。像什么呢，像什么呢，说不出像什么。汽车回家，汽车们回家了。（汽车“们”？）这时候还有什么叫卖声音？叫的是什么？还有三轮车，白天怎么听不到三轮车轮轴吱吱扭扭地响？——我为什么那么钝，为什么一无所知，为什么跟一切都隔了一层，为什么不能掰开撕开所有的东西看？为什么我毫无灵感，蠢涸麻木？为什么我不是天才！——嗐，叫卖的，你叫的什么？你说说你的故事看。你是个高的矮的？你不快乐？你没有希望？你今天晚上会做什么梦？——你汽车，你“呜——”，你好无礼！两点一刻了。——我刚才想的什么？香烟又涨了，（我抽了一支烟，）——我想什么来了？……哦，哦哦，我想过高尔基！

我想起高尔基的样子，画上的高尔基，雕像上的高尔基的样子。（我现在是什么样子？）也许不是高尔基，托马斯·哈代，福楼拜，欧·亨利……随便是谁。但我想的还是他，高尔基。我今天偶然翻了一本杂志，翻开来第一页就是他，他的像，（这个杂志不知刊登了多少次他的像，这位编辑也不在意？多少杂志报纸上印出过他的像了。不用写出，就知道是谁，一看就知道是谁，不看也就知道！）刻在白云石上，选了合宜光线角度而拍出来的。高尔基斜斜地坐在那儿，一脸的“高尔基”。画家雕刻家们对他那么熟悉，比对他自己工作室所在的那条街，他买纸烟的铺子，他的房东的女儿，他自己的领带还熟悉。他们用笔用斧凿在布上石头里找出一个东西，高尔基。高尔基总是穿着马靴的？他脸上都是那个样子，他从早到晚，今年到明年，无刻不是“高尔基”？如果不是那些像，我相信，如果与他差肩而过，没有人知道他是谁。没有多少人看过了还记得他。根本在路上就不会有人看他的，即使已经知道高尔基其人，知道他是个什么样子。高尔基是什么样子？两撇胡子——什么样的胡子？有一回我们演戏，彩排的时候，化妆室里，一个演员拿了皱纹笔，抹了底子油，问导演：“我来个什么样的胡子？”导演一凝眸，看了看演员脸，竖出一个指头，十分有把握：“高尔基式！”——半奄拉着眼皮，作深思状。高尔基一年到头都在深思，都作深思状？——想想高尔基执笔抽烟的样子。——高尔基要是刚从理发店里出来，什么样子？——是什么意思呢？我怎么想起来这个？……

我是想起了绿猫。（高尔基，绿猫！）现在又是叫卖的什么？什么地方有关窗声音，隔壁老头儿又咳嗽了。

我的朋友柘要写一篇小说，写绿猫，我就想起了高尔基。今天我刚好看见了高尔基。若是看到别人，我就会想到别人。

我去看我的朋友柘。

黄梅天，总是那么闷。下雨。除了直接看到雨丝，你无法从别的东西上感觉到雨。声音是也有的，但那实在不能算是“雨声”。空气中极潮湿，香烟都变得软软的，抽到嘴里也没有味，但这与“雨意”这两个字的意味差得可多么远。天空淡淡漠漠，毫无感情可言。雨下到地上，就变成了水。哪里是下什么雨，“下水”而已。（赫哈，下水！）虽然这时念一声“八表同昏”，念一声“最难风雨故人来”，觉得滑稽，可是听巷子里那个苍白的孩子一边跑，一边用稚嫩的声音哀唤：

“有破个烂个电灯泡撂出来，

有破个烂个电灯泡撂出来。”

我可没有电灯泡撂给他，披上雨衣，决定还是去看看柘。虽然毫不热烈，摇曳着，支持着那点意思。

怎么样从我的住处就到了柘的住处了呢？说不上来，我就是已经到了柘的门前，伸手而敲了。“既然不是乘兴，你就不要来！”我心里自己嘀咕。王子猷呀王子猷，活在现在，你也毫不稀奇！想到你的得意杰作，我是又悲哀又生气。——才不，悲什么哀呢，生的什么气。谁也不能真正画出一幅雪夜访戴图，他不过是自得其乐。这个年头，谈不到这些，卞之琳先生说是“最不风流的时候”，有这么一句话他就活得下去，仿佛不风流害不死他。人言阿龙超，阿龙固自超，那么咱们就超吧。也罢，我明知道这门里没有什么新鲜事情，优美，崇高，陶醉迷人的事情，我还是敲门。剥啄一声，我心欢喜。心里一阵子暖，我这才知道我为什么要来，我该来。门里至少有我一个朋友，在茫茫人海之中可以跟我谈话。“我好比，南来的雁……”我简直要唱起来了。当然没有唱，一声“请进来”，门为我而开了。我真想说一声：

“啊栢，我真喜欢你！”

现代人都受不了舞台上的大悲剧，受不了颤抖带泪的声音，受不了“太厉害”的动作，然而虽然止于礼义也，却未尝没有发乎情的时候，他只是不让它“出来”，活生生给掐死了，而且毫不觉其残酷。当然我也不说。我为什么要怪，要不识时务，不顺应潮流。我的朋友栢是个热情人，虽然也给压得差不多坏了，但劲儿似乎还有一点。许多人加给他的评语是“天真”。当然他不是孩子似的。他天生来是个浪漫的底子，关起门来会升天入地，在现实中淘吸出点什么玩意儿来。——任是这么一个人，我也不能跟他说那一句会令他莫名其妙的话吧。如果我说，他一定愕然，看我一眼，略一点头，心里明白了，上来扶住我，扶到他椅子里坐下，甚至扶到他床上，给我倒水，有钱则为我买水果。他以为我醉了！如果我醉了，我就会接下去说：

“啊栢，你不知道我多难受，多寂寞！这是什么生活？什么时候光明才能照到‘古罗马的城楼’？……”

喝醉了还是忘不了开玩笑：栢的隔壁有一位青年，一天到晚唱他的夜半歌声，而且总把“城头”唱成“城楼”。——得，我这么哩哩啦啦的，倒像我真的喝醉了！我什么都没有说，脸上微亮了一下，说了一句：

"怎么样，栢？"

见面总是这么一句。毫无意义。——不，不能是毫无意义，这至少等于说："哈，又见面了。"

"怎么样？——哎，你来得正好！"

这一句话我爱听。

"怎么啦？"

"我在写文章。"

"你写，我不搅你。我坐一会儿，看你那本书。"

"不，你来得正好，我写不出来。"

"噢，要我来打岔，好嘛！——写的什么？"

"一篇小说。"

"我看看。"

"别看！"

我已经看见了！题目："绿猫"；第一行是"小时候……"

栢把稿子压在一本大字典底下，给我泡茶。接过茶杯，我不由得不扑哧一笑，把茶都泼了出来，泼在裤子上。我掏手绢擦裤子。——并不是爱惜裤子，就是擦擦。——是爱惜裤子，下意识里还是爱惜的。这条裤子虽然普通到不能再普通，毫无特色之可言，但小时候总有穿鲜美新衣而喜悦、而爱惜的时候。

"笑什么？"

当然。他看到我眼睛所看方向就已经明白我笑什么。

一只瘦骨伶仃的小猫蜷在桌子腿旁边。这两天正是换毛的时候，毛都一饼一饼的。毫无光泽，不能说不难看。又是下雨，更脏了。本来应当说是白地子淡黄花斑，在暗影里说不出是什么颜色。栢也好好地看了它一眼，冲我皱鼻子，扁嘴，努目而用力点了点头，鼻子里哼出一股气：

“我一定要把它染成一个绿的！”

我又笑，栢可急了，他以为我是笑他，笑他也就是说说，绝不会当真把他的猫染成个绿的。他声音大，吐字切，两腿分开，作童子军操“稍息”状，说：

“你瞧着！我一定染，染成个绿猫！我已经在一家理发店里问过了，有染绿的水。”

果然不错，他也看了前天的那张报纸。——我看了看他的头，新剪的，“打三下”！理发匠是顶会把所有的人弄成一样，把所有的人的风格全毁了的，顶没有“趣味”的人。你看看，把我们的诗人，我们的小说家，我们的希腊艺术的小专家，我们的长眉，大眼，直鼻，嘴唇的弧度合乎理想，脑门子宽窄中度，智慧，热情，蕴藉，潇洒的栢先生弄成了什么样子！要是有画家画，有雕刻家刻，有人来喜欢，来爱，你叫这些人何以为情，怎么办？这个头发式样！简直糟糕透顶，这是什么世界！栢是有他的合适的发式的。有一回，在昆明，也是下雨，栢去看我；没有打伞，也没有戴帽子，他的头发长得很长了，雨淋过，有点湿；他一进门，掏出手绢，擦额头的水滴，一扬头，把披下来的长发甩到后面去，用手那么一撩，嘻！那一刹那他真是一个栢，真美，那才是栢的头发！简直可以说，我喜欢栢就因为他有那一霎，永恒的一霎。否则，现在，这一头光可鉴人的头发马路上到处都是，多没意思！栢看起来相当滑稽可笑，现在。因为这一头头发与他周身上下，与这间屋子的一切，全不相调和——栢一定是在理发店看的那张报纸。前天报纸副刊上有一块“文人怪癖”。似乎是文人就非有怪癖不可，是副刊就得刊载无数次那样的“珍闻”。把脚浸在温水里，闻烂苹果气味，穿红衣裳，染绿头发……抄集的人照例又必加上许多按语。按语虽各有巧妙不同，然而有一点是大都要提到的，是“这是刺激灵感之方法。”——栢有几根白头发，少年白，他自己已经不大在意了，理发匠可不肯放过，常常在剪好了，吹风上油时就会问一句：

“要不要染一染？三个月不会退的，尽管说。”

栢自然有点不耐烦。如果他有什么不高兴事情，比如，有那么一只不好看的猫这一类事情，他就会生一点气。一生气，刚好看到报上那段“文人怪癖”，他就装得极有兴趣，极关心地问：

“是不是什么颜色都能染！”

“什么颜色都能染！”

回答的不止一个人，不是那个劝他理发的理发匠，旁边好几个一起充满热情地回答。有一位女客为之神色飞舞，问其邻座另一女客：

“陈莉的头发是棕黄色的？”

陈莉是谁？看她们说话神气，大概是一个女“歌手”或是舞星吧？那位为栢理发的理发匠见自己的话为别人抢去代答，颇不高兴。栢想劝劝他，何必呢，凡事都宁可让着人些。然而似乎劝也无用，就问他一点别的，反正他就是要说说话。

“能不能染绿的？”

这就一时都答不上来了。过了一会儿，最远的一位理发匠说了：

“可以的！我见过染绿的药水。有一回，洋行里发货发错了，有一箱，打开来，是绿颜色的。——没有人要染绿的吧？你先生当然不要染绿头发？”

栢在镜子里点点头，那位刚才还似乎生了一点气的理发匠，正用一面镜子在后面照，问他满意不满意，自然总是满意，总点点头。一面，他回话：

“有人染的。不是我。我什么颜色都不染。”

大概那时他即想到染他的猫成绿色的了！

大家都说栢喜欢猫。栢也当真是喜欢的。不过教他们，尤其是她们，那么一说，简直说得喜欢猫是件可笑的事，喜欢猫的也是一种可笑的人了。我极代为不平。一听到有人无话可谈的时候谈到他，我就说：“他喜欢很多东西，只要是好看的，有生命的；或是无生命而可以见出生命，见出生命之活动之痕迹的，他无不喜欢。他从来也没有以为猫是世界上最美、最值得有的东西。”然而众口同声，我也没有工夫生那么些闲气。有时真气了，我就向栢说：

“栢，你就别喜欢猫吧！往后你什么也别喜欢了。”

可是大家非咬死了说他有猫癖不可。说这个话的，有的自己喜欢猫，援引之以壮声势。有的不喜欢猫，看不起喜欢猫的人，他们要找出这一点作为看不起栢的理由。有些，最多了，无所谓，无话可谈的时候谈谈。——都是栢那篇文章引出来的！

栢从小就与猫接近。他有个伯父，生性严刻，不苟言笑，对待任何人都是冷冷的，可是他爱猫，猫是他性命。他养了一大堆猫，最多时到过四十七只，平常也十只以上。一家之中他伯父就是对栢还有时和蔼慈祥，因为栢可以陪他一起养猫，喂猫饭，用发梳为猫梳毛，为猫捉跳蚤，找老猫在哪里生小猫，更重要的是搬个小蒲团坐下陪他伯父一同欣赏那些名贵的猫。栢从之学会医猫病，配猫药，知道猫吃了什么要长癞，什么东西则可使猫毛丰长亮洁。他知道许多猫的名色。我只记得狸花、玳瑁、乌云盖雪、铁棒打三桃、瑙玛浆、大杏黄、小杏黄，几种最普通习见的，其余都记起来难，忘起来快。栢还说过许多如何偷接一个种，春夏间如何监视猫的交游，没有尾巴的猫与有尾巴的猫配合，生下来有几个可能有尾，几个无尾，狮子猫下小猫有几分把握能是狮子猫，等等。我说他很可以写一本《猫学》去，这样，他一开头写“小时候……”乃是自然不过的事。——不过，除了我他很少向人谈这些。——幸好没有谈！那篇关于猫的文章，别人看了不知道怎么样，我是颇喜欢的，因为亲切。他所说的那些我有不少知道，在场，所以印象很深。文章我这里有一份，有几处，我以为还可以一看：

> 大雨忽然来了。一个青色的闪照在枫树上，我赶紧跑到柴草房里去。那是距我所在处最近的房屋。我爬上堆近屋顶的芦柴上，听水从高处流下来，顺着瓦沟流下来，响极了。訇——空心老桑树倒了，往下一压，蒲桃架塌了；我的四周越来越黑了，雨点在我头上乱跳。忽然，一转身，墙角两个碧绿绿的东西在发光！——哦，那是老黑猫。老黑猫又生了一堆小猫了。原来它每次生养都在这里！我看它们吃奶，听着雨，雨慢慢小了。

栢谈起过他们家那个小花园，而从这只猫上我可以得到二十年前他的一个影子，在那个小花园中活动。

后来，说到在昆明的时候，这时候我已经认识他了。

……有一回我到一个人家去。主人不在，老妈子说："就回来的，说怕您要来，请在屋里坐坐，等等。"开了房门让我进去。主人新婚，房里的一切是才置的，全部是两个人跑酸了四条腿，一件一件精心挑选来的。颜色配搭得真是好，有一种叆叇朦胧感觉，如梦如春。我在软椅中坐了一会儿。在我看完一本画报想换第二本时，我的眼睛为一个东西吸住了：墨绿缎墩上栖着一只小猫。小极了小极了，头尾团在一起不到一本袖珍书那么大。白地子，背上米红色逐渐向四边晕晕地淡去，一个小黑鼻子，全身就那么一点黑。我想这么个小玩意儿不知给了女主人多少欢喜。怎么一来让她在橱窗里瞥见了，做得真好。真的，我一点不觉得那是个真猫！猫要是那么小，是没有大起来；还在吃奶的小猫毛是有一块没一块的，不会那么厚薄均匀，茸茸软软的。嘿，——我这一动换，嗖，它跳了下来，无声地落在地毯上，睁着两颗豆绿眼睛。它一点都不是假的！猫伸了个懒腰，走了。我看见那个墩子，想这团墨绿衬得实在好极了。我断信这个颜色是为了猫而选的。——这个猫是什么种？一直就是这么大？……想着，朋友进来了，我冒冒失失地说："××，你真幸福！"朋友不知道我所称赞的是哪一点，瞠目而视，直客气"哪里，哪里！"女主人微微一笑，给我拿来一个烟灰缸子过来。……

这里所说××我也认识。那个女主人呢，不少人暗暗地为她而写了诗。我们的栢兄大概也写过不止一首吧。想想他说“××，你真幸福”那股子傻愣劲儿？——这事说来也近十年了。没有十年，八年。而另外一段，我更熟习，那时我跟栢同住在一个地方，在大学里念书的时候：

……得要有一个忧郁的甜迷迷的小院子，深深细细，缠缠绵绵，湮浸于一种古意。……

昆明是个颇合乎理想的地方。一方面许多高大洋楼连二接三地生长出来，真是如同雨后春笋。一方面有戴乌绒帽勒，饰以银红丝球瓔珞，青布衣上挑出葱绿花纹的苗女，从山里下来，青竹篮里衬着带露羊齿叶片，用工房中唱情歌嗓子在旧宅第下马石前长喝一声“卖杨梅——”

新与旧的掺和对照，充满浪漫感。去年沙嘴是江心，呼吸于梅礼美的“残象的雅致”之中，把无可托付的心倾注在狗呀猫呀的身上的，想想看，有多少人？……

我所寄住的那一家，没有一个男人，一个五十多岁的老姑娘带两个很难说是什么身份的女孩子。她们都吃素，老姑娘念经奉佛。她们经年着一尘不染的青布衣、青布鞋，有时候忽然一齐换一天或银灰色，或藕荷色的高领窄袖子，沿边盘花扣子的老式慕本缎子衫裙；到天黑，回房才褪尽簪珥，仍是老样子，髻子辫子上留一朵淡色的或艳色的花。不知道那一天有什么事情。——不知是什么道理，鱼磬声中，一点都不是先入为主、神经过敏之见，有一种执着的悲剧气味，一种安定的寂寞，又掺杂一种不可名状的挣扎。而这一切，为一头大猫点动出来。院中一棵大白兰花树，一进门即觉得满身是绿。浓香之中，金残碧旧，一头银狐色暹罗大猫伏在阶前蒲团上打盹，或凝视庭中微微漾动的树影，耳朵竖得尖尖的，无端紧张半天，忽然又懒涣下来；住久了，慢慢地，话就越来越少了，好像没有什么可说的。……

这样的文章，即使栢是我的朋友，唯其是我的朋友，我不能说是怎么好，我不是说“可以看看么？”难道看也不能看么？我相信韩昌黎“气，水也”的说法，把文章摘出这么两三段来看是很要不得的办法，因为只见浮物，不见水，也浮不起来。——我们所谓风格，大概指的就是那么股“劲儿”。是落花依草也好，回风映雪也好，你总得从头至尾地看下来才有个感觉。正如同要行了才算是船，砌死在那儿，哪怕是颐和园的石舫，也是呆板的。不过我把栢的文章抄在这里，他要是反对，不是反对因为失去层叠逶迤、翩翩眄顾而觉得有意跟他为难；是态度，是从切面中见出态度，从态度中有人，有好事人会提出他是怎么样一个人。从这三两段之中若是有人“唔”那么一声，“谈猫的！”他就没法奈他何。那位先生的意思当然是：猫不是猫，是很多东西，是大白兰花树，是银灰藕荷，寂寞安定，是青竹篮带露羊齿叶，是如梦如春，叆叇朦胧，是枫树，青色闪，是浪漫感觉……是不大壮健，是过了时的东西！有人说它晦涩，有人说它浅，都对。栢没法奈他何。是的，我可知道栢的苦。他自己比谁都明白，一天到晚地嚷着，为什么没有时间给我读书，给我思索，给我观察，为什么我不能深入于生活，平正于字句，为什么我贫弱，昏聩？看他用全力搏兔，从早到晚，天黑到天亮，（这样的时候不多，不是他不干，是时候没有）结果颓然败阵下来，神色惨然，向我摊手，说“没有办法，你看见的，我尽了力，可是格格不入，一无是处”。我就劝他，“你就别写吧。”这他可忽然爆发起来了，仿佛我就是他弄不好的题目，冲到我面前：

“我不写，我不写干什么？”

他要是反对我抄，反对的是这个。但是反对过一会儿他就不反对了。他就说：“无所谓的。日光之下无新事，都要过时。”

就因为过时，我问栢：

“哎栢，你为什么写这么个题目？”

我这一问好叫栢不高兴。他大抽了一口烟，推出下唇而喷出来，那么斜着眼睛看了我一下。我知道这兜起了他的恨。当然他不能一直用那样的眼睛看我，把眼睛移过了，那么看着一幅凡·高的画，右手的大拇指无意识地拨弄他的衬衫扣子。渐渐地，他的表情之中透出一种悲怨，一种委屈。糟糕，我这么一句不经意的话闯了祸，我怕他要哭。你可以想象那一会儿的僵，那一会儿我的不安，我的无以自处。我吸吸鼻子，咳嗽两声，舌头舔舔嘴唇。要是这种情形一直持续下去，我只有怏怏地说，乞怜，抗拒，绝望，哀楚，狠毒：“我走了。”从此我就绝不再来。倒是栢，他或者是因为凡·高的燃烧的笔触而得到安慰，得到鼓舞，得到启迪，忘了，不计较我的话。他倒体谅起我的踟蹰，他脸上的表情变得非常温柔，把手加在我的手背上，我就是怎么会嘲笑，怎么 Cynical，也不能不为他感动。他缓缓地叹了一口气：

“我总在这儿写就是了，你知道的。——我这也并不是象征派，我有良心。”

栢为我拿烟，为我点火。这也有下场。否则，他的手一直加在我的手上，成何体统？在我们的恳挚未为俗情笑煞之前即把手取去，是聪明的。自然事亦大可哀。但还是这样好，含蓄些，古典些。空气既已缓和，且因为这么一来，我们就更亲近，更莫逆于心，我就问问栢：

“为什么写不出来呢？”

栢苦笑，手那么一伸，把他的房间介绍给我看。不用说别的了，房间里有四张床！——比我的房间里还多一张。一张窄窄的小桌子，桌上又是肥皂，又是牙刷，又是换下来的衬衫，又是童子军哨子，又是算盘，又是绍兴戏说明书，又是什么文艺杂志，杂，乱，多，不统一，不调和。这间屋子真暗，真湿，真霉，真——唉，臭！栢从云南带来的一个缅漆盒子被人撂在墙犄角，这个东西他曾经那么宝爱过。他画了好几年的一个画稿上一个热水壶印子，一堆香烟灰，而且缺了一角。雨越下越大了。幸亏有雨，他才能多单独一会儿。而隔壁雄壮的“古罗马的城楼”歌声认真其事地唱起来了。栢的眼睛落在一本书上：弗吉尼亚·伍尔夫的《一间自己的屋子》，他表情极其幽默。

我想问问他是不是还是那么几个钱薪水，得了，别问了。

栢翻他的抽屉。找什么东西？

“张先生有信来。身体比较好些了。得等再照一次 X 光再说。究竟怎么样了呢，也不知道。他写了二十年，不管怎么样吧，写了二十年，似乎总该得到一点报酬。——还骂他！这时候还骂他做什么呢？在外国，这时早到了给他写传记的时候了。要批评他，就正正经经地批评也好，——那么轻佻，那么缺薄，当真他的文字有毒么？紧张热烈地在工作，在贫穷苦闷之中不放下笔来，这还不够伟大？——昨天见到李先生，他总是那么精神旺健，说：‘别骂！张某人比你们大家都穷，也比你们大家都用功，这是事实，这就够了！’何必呢？现在我们还有比麻木、比愚蠢、比庸碌更大的敌人么？为什么不阔大些，不看远些？……

“他还是劝我换个方法写。你看么？”

我看信。一面还想了想“斗士”这两个字到底该是什么意思？

“是怎么回事？”

“我寄去一篇小论文，后来发现其中有一处很不妥帖，写信请他暂缓发稿，已经来不及了。后来想想，也无所谓，反正不是什么不刊之论。我年纪还轻，活着，谁也不知道里里外外要翻多少次身，要起多少次变化。你看我到了这儿一年，就在这儿变。——他这两句让我有一点感慨。你看。

> ……其实一般读者无此细心。大凡作者用心深致处读者即恰恰容易忽略。事极自然，因作者所谓深致，即与作者不大用心时文笔不同。一人尚如此，何况诸读者？……”

“你感慨什么呢？”

栢从字典下把那一叠《绿猫》原稿抽出来，拿起笔来写了一个“废”字，把桌上的笔套起来。

“不知道什么时候才写得好，又‘错’了。

“就是缺少那点用心深致处！——在生活里‘出’不来，文章里‘进’不去。格格不入，不对劲儿，不对。

“瑞恰滋的说法已经很多人认为不能满意。我可是还没有见到更好的说法。——自然一切说法只是一种说法，它并不能就限制住写的人的笔。没有什么说法，大家也还是要摸索着前进，写出许多东西再等有人来结说一句。

“古往今来的文章当真有什么用？说法国革命是一支《马赛进行曲》引出来的未免太天真，太乐观，有点倒因为果。而且《马赛曲》唱了出来多半也还是有点偶然。——为什么写？为什么读？最大理由还是要写，要读。可以得到一种‘快乐’，——你知道我所谓快乐即指一切比较精美、纯粹、高度的情绪。瑞恰滋叫它‘最丰富的生活’。你不是写过：写的时候要沉酣？我以为就是那样的意思。我自己的经验，只有在读在写的时候，我才觉得自己活得比较有价值，像回事。

“可是——难！纪德说：‘若是没有，放它进去！’说得多英勇！我看要生活里有诗，只有放它进去。——忽然想到这么一句，不大相干。

“我并不是要把读跟写从生活里独立出来。这当然也不可能，办不到。并不是把生活一刀两断，截然分开，这边是书，是艺术；那边是吃饭，睡觉，打哈哈，不是这样的意思。……我要的是什么东西呢，不妨说就是‘灵感’吧。

“就像等公共汽车，看着远远地来了，一脚跳上去，想它，想那点灵感，把我带到一个比较清爽莹澈、比较动人、有意义、有结构、有节拍的境界里去。灵感，我的意思是若有所见，若有所解，若有所悟。吃着饭，走着路，甚至说着话，尤其是睡前，醒后，忽然心里那么触动了一下，最普通的比喻，像拨响了琴弦，这就仿佛活了起来，一把抓住，有时就得了救。我就写。——阅读，痛快地阅读，就是这个境界的复现，俯仰浮沉，随波逐浪，庄生化蝶，列子御风，味飘飘而轻举，情晔晔而更新。……”

栢看了我一眼，看我确是在听，集中精神在听，听得很沉迷。其实不如说我在看，看他说，看那些其实没有什么出奇，我也知道的词句如何从他的心里涌出来，具何颜色，作何波澜。我在听，在看，在鼓励激赏。栢高兴，这一会儿他嗓子也好听，情感流得自然中节。

“给你背一段书：

“‘古人云：形在江海之下，心存魏阙之上，神思之谓也。文之思也，其神远矣！故寂然凝虑，思接千载；悄然动容，视通万里。吟咏之间，吐纳珠玉之声；眉睫之前，卷舒风云之色，其思理之致乎。’——珠玉，风云，这是六朝人滥调，不过‘寂然’‘悄然’形容得好！……

“‘故思理为妙，神与物游。神居胸臆之间，而志气统其关键；物沿耳目，而辞令管其枢机；枢机方通，则物无隐貌，关键将塞，则神有遁心。……’”

我点头：

“张载说：‘心中苟有所开，即便劄记，不思则还塞之矣。’非常同情他这个‘还塞之矣’，非常沉痛。”

“‘是以陶钧文思，贵在虚静：疏瀹五脏，澡雪精神；积学以储宝，酌理以富才，研阅以穷照，驯致以怿辞。’——真好！

“夫神思方运，万涂竞萌，规矩虚位，刻镂无形：登山则情满于山，观海则意溢于海，我才之多少，将与风云而并驱矣！……”

“你背得真熟。”

“因为就像是我说的！——我还是赞成背书。就是太忙。我多久没有这么‘像煞有介事’过了？从前不相信什么会闷出病来，现在想，大概真有那么回事。我母亲，他们就说是闷出病来，死的。”

栢这会儿神采焕发，眸子炯然。他在椅子里把四肢伸得直直的，挺了挺腰，十分舒畅的样子，看起来他比平常也长大了些。我可以体会到他身体里丰满的快感。过了好一会儿，雨小些了，他走了两步，重重地叹了一声：

“四序纷回，入兴贵闲；勤靡余暇，心肖长闲。可是我怎么闲得起来？”

他长吸一口，把烟蒂灭了。打开抽屉，放好他的断稿《绿猫》。这家伙太敏感自觉，虽然对我还有时这么淋漓尽致地抒说，但也不让自己太忘形。过于恣肆固恐使我难堪，漫无节制亦为他文章义法所不取。完了，即使我紧接着，用热望的眼睛注视他，说“说下去”，他也不说了。“古罗马的城楼”又唱起来，而且远远地已经听到他的同事们嚷着唱着来了。栢向我笑：

“满城风雨近重阳。——水之积也不厚，则其负大舟也无力，我其为芥之舟乎？——什么时候，我才能有一个比较可以长时间思索、不被干扰的时候？——你也走吧，你也不善应酬，我实在怕看你装得很会应酬的样子；而且再有半点钟你们就要开饭，我也不留你。”

抱起他的小猫，栢送我到门口。我看着马路对面法国梧桐的绿叶，笑。

“又笑什么？”

“我想你有句什么话要说：‘感谢你让我痛痛快快说了半天话，胡说八道，毫无道理，不要笑我。’——把你的猫送还给人家去吧，多难看！”

“阁下聪明，倒是，算你猜着，不愧是小说家！——才不送，我要把它染绿了呢！别把我的话记下来，说我说的，我怕挨骂，除非等我把那篇了不起的大作，文学与人生，写出来之后。——哎，你上回说的道士请神情形很有意思。真是那样？是你诌出来的？”

“诌什么！回去吧。过两天来。希望你的绿猫也写好了，猫也染绿了。”

……

风雨如晦，鸡鸣不已。——哎呀，我已经在这里坐了几个钟头了？天已经透蓝。咦，这里居然也听得到麻雀叫？——糟糕，我伤风了。刚才我放下笔歇了一会儿，抽了两支烟，我想了些什么？……我想起栢文章中提到的小院子，那时我们住在一起。想起那棵大白兰花树，现在正是开花的时候了。只有在云南那样的气候，白兰花才能长得那么大，罩满了整个一天井。花时，在巷子里即闻到香气，如招如唤。我们常搬了一张竹椅，在花树下看书，听老姑娘念经敲磬。偶然一抬头，绿叶缝隙间一朵白云正施施流过，闲静无比。一个老蜂窝又大了不少。一个蜘蛛结网，忙碌辛勤，忽然跌落下来，吊在半空；不知是偶然失足，还是有意如此，好等风来吹去，转换一个方向。我们有一个长耳绿陶水瓶，用陶瓶汲取井水来喝。——这时候！我们多半已经到了呈贡，骑马下乡了。道路都在栗树园中穿过，马奔驶于阔大的绿叶之下，草头全是露，风真轻快。我们大声呼喝，震动群山。村边或有个早起老人，或穿鲜红颜色女孩子，闻声回首，目送我们过去。此乐至不可忘。——一说，也十年了，好快！——而这里，就是汽车！汽车又一辆一辆地开出来了。……

……怎么会想到高尔基身上去的？……哦，是想到道士请神，于是想到高尔基。

凡道士做法事道场，拜斗礼坛，既爇香，例需降神。降神，就是变成一个神。其实和尚也如此，当中坐的那个戴毗卢帽的大和尚是地藏王化身。不过道士降神过程，比较长，比较顶真。偷鞋骗食的道士，自然不过略具形式而已。有道行道士则必虔诚恭敬，收视返听，匍匐坛前，良久良久，庶可脱去自己，化为太乙。旁边的小道士，这时候由“掌鱼”的领头，摇铃击磬，高声赞美，退魔障，全真灵，参助其升超。据说内行人常常可以看出变到了如何程度，是快是慢，是易是难。据说，如果降请既毕，得到灵感，——他们也叫灵感，即凡俗人，若谛细观察，亦可以觉出与平常神色不凡，端正凝祥，具好容貌，有大威仪。这似乎与理学家的功夫有相似处。噫，鬼神之事，难言之矣，小时我不怎么相信，现在也还是一样。不过那个理却似乎有的。我有兴趣的是它可以借给我作一个比喻。

高尔基就像那个道士。我是说画布上的，白云石、青铜上的，诚然是高尔基，但那是高尔基的精华。平常时候，比如从理发店里出来的时候，（高尔基也要理理发，俄国的理发匠不见得高明到哪里去！）高尔基未必常如是。高尔基一定也有很不像样的时候，如果人家一定要送他一个难看的小猫他怎么样呢，大概也没有办法；高尔基大概也不喜欢听“古罗马的城楼”，不喜欢四个人住一屋，不喜欢汽车声音，不见得喜欢一点都没有雨的意思的下雨天也。——那种最高尔基式的时候，当然是他写得或者读得得意的时候。像果戈理所说，写不出来，在纸上乱画，写：

我今天写不出来，

我今天写不出来，

我今天写不出来！

的时候，自也有一种可以令人感动之处。不过画家雕刻家似乎看不到；看不到所以他们画不出，刻不出。这怕倒还是写小说的可以来表演一下子了。

因为栢写不出文章，我想到这些。我是说高尔基可能比栢稍为可以平和安定一些，有时间可以思索，不会那么要写而不能写。——我这想的有点怪么？

栢的《绿猫》，要写的，是一个孩子，小时极爱画画，可是大家都反对他。反对他画画，也反对他画的画。有一回，他画了一件得意杰作，是一只猫。他满腔热望，高高兴兴地拿给父亲看，父亲看也不看。拿给母亲看，母亲说："做算术去！"拿给图画老师看，图画老师不知道生了什么气，打了他十个手心，大骂他一顿："哪有这样的猫？哪有这样的猫！"他画的是个绿猫。画了轮廓，他要为猫着色，打开颜色盒子，一得意，他调了一种绿色，把他的猫涂成了绿的。长大了，他做公务员，不得意。也没有什么朋友，大家说他乖僻。他还想画画，可是画不成，乱七八糟的涂得他自己伤心。他想想毛姆的《月亮和六便士》更伤心。到后来他就老了。人家送他一只猫。猫，人家不要养了，硬说他喜欢猫，非送给他不可，没有办法，他就收养了。他整天就是抱着他的猫。有一天，他忽然把他的猫染成了绿的。看到别人看到绿猫的惊奇样子，他笑了。没有两天，他就死了。

虽然我曾经警告过他，说这样的小说我没有看见过。这算什么呢，算心理小说？心理小说在中国还是个颇"危险"的东西。

中国人大概都比较简单，也许我们的小说作家以为中国人很简单，反正，没有这个东西。我想劝他还是写写高尔基式的小说。不过，还是让他写下去吧。也许他有一天会写黑猫、白猫、狸花猫、玳瑁猫的。——你也知道的，他写的是他自己。

我担心的倒是，猫要是个绿的，他把猫眼睛弄成个什么颜色呢？唔，我以为这很严重。

天倒是晴了。早晴，今天一定热得很。——隔壁那个老头子咳了整整一夜。——不得了，汽车都出来了，这个世界上充满了汽车！还有，那是无线电的流行歌曲，已经唱起来也！我想起那位乖戾的哲人叔本华的那一篇荒谬绝伦的文章：《论嘈杂》。

一九四七年七月二日，上海

注释

原载《文艺春秋》一九四七年第五卷第二期。

斑鸠

我们都还小，我们在荒野上徜徉。我们从来没有过那样的精致的、深刻的秋的感觉。

秋天像一首歌，溶溶地把我们浸透。

我们享受着身体的优美的运动，用使自己永远记得的轻飘的姿势，跳过了小溪，听着风流过淡白的发光的柔软的草叶，平滑而丰盈，像一点帆影，航过了一大片平地。我们到一个地方去，一个没有人去的秘密的地方，——那个林子，我们急于投身到里面而消失了。——我们的眼睛同时闪过一道深红，像听到一声出奇的高音的喊叫，一起切断了脚步。多猛厉的颜色，——一个猎人！猎人缠了那么一道深红的绑腿，移动着脚步，在外面一片阳光，里面朦朦胧胧的树林里。我们不知道我们那里也有猎人，——从来没有看见过，然而一看见我们就知道他是，非常确切地拍出了我们的梦想，即使他没有——他有一支枪。太意外又太真实，他像一个传说里的妖精出现在我们面前，我们怕。我忘不了我们的强烈的经验，忘不了——他为什么要缠那么一道深红色的绑腿呢？他一步一步地走，秋天的树林，苍苍莽莽，重叠阴影筛下，细碎的黄金的阳光的点子，斑斑斓斓，游动，幻变，他踏着，踏着微干的草，枯叶，酥酥地压出声音，走过来，——走过去了。红绑腿，青布贴身衣裤。他长得瘦，全身收束得紧紧的。好骨干，瘦而有劲，腰股腿脚，处处结实利落，充满弹性。看他走路，不管什么时候有一根棍子剧速地扫过来，他一定能跳起来避过去的。小脑袋，骨角停匀而显露，高鼻梁，薄嘴唇，眼目深陷，炯炯有光，锐利且坚定。——动人的是他的忧郁，一个一天难得说几句话的孤独地生活着的人才可能有的那种阴暗，美丽的，不刺痛，不是病态的幽深。冷酷么？——是的。我们从来没有见过一个这样的不动声色的人，这样不动声色对付着一个东西。一看就看出来，他所有的眼睛都向外看，所有耳朵都听，所有的知觉都集中起来，所有的肌肉都警醒，然而并不太用力，从从容容地、一步一步地走。树不密，他的路径没有太多折曲歪斜。他走着，时而略微向上看一看，简直像没有什么目的。用不着看，他也确定地知道它在哪里。上头，一只斑鸠。我们毫不困难地就找到了那只斑鸠，他的身体给我们指了出来，这只鸟像有一根线接在他身上似的。是的，我们像猎人一样地在这整个林子里只看得见一只斑鸠了，除此之外一无所见了。斑鸠飞不高，在参差的树丛里找路，时而从枝叶的后面漏出瓦青色的肚子，灰红的胸，浅白的翅胛，甚至颈上的锦带，片段的一瞥。但是不管它怎么想不暴露它自己，它在我们眼睛里还是一个全身，从任何一点颜色我们复现得出一只完整的斑鸠。它逃不出它的形体。它也不叫唤，不出一声，只轻轻地听到一点鼓翅声音，听得出也是尽量压低的。这只鸟，它已经很知道它在什么样的境遇里了。它在避免一个一个随时抽生出来的弹道，摆脱紧跟着它的危机，它摆脱，同时引导他走入歧途，想让他疲倦，让他废然离去。它在猎人的前面飞，又折转来，把前面变后面，叫刚才的险恶变为安全。过去，又过来，一个守着一个，谁也不放弃谁。这个林子充满一种紧张的、迫人的空气，我们都为这场无声的战斗吸住了，都屏着气，紧闭嘴唇，眼睛集中在最致命的一点上而随之转动。勇敢的鸟！它飞得镇定极了，严重，可是一点没有失了主意，它每一翅都飞得用心，有目的，有作用，扇动得匀净，调和，渐渐地，五六次来回之后，看出来飞得不大稳了，它有点慌乱，有点踉跄了。——啊呀，不行，它发抖，它怕得厉害，它的血流得失了常规，要糟！——好快！我们简直没有来得及看他怎么一抬枪，一声响，哓极了，完了，整个林子一时非常的静，非常的空，完全松了下来。和平了，只有空气里微微有点火药气味，——草里有什么小花开了？香得很。

猎人走过去，捡了死鸟，（握在手里一定还是热的）拈去沾在毛上的一小片草叶子。斑鸠的脖子挂了下来，在他手里微微晃动，肚皮上一小块毛倒流了过来，大概是着地时擦的。他理顺了那点毛，手指温柔抚摸过去，似乎软滑的羽毛给了他一种快感。枪弹从哪里进去的呢？看不出来。小小头，精致的脚，瓦灰肚皮，锈色的肩，正是那一只啊，什么地方都还完完整整的，好好的，“死”在什么地方呢？他不动声色地然而忧郁地看了它一会儿，一回头把斑鸠放进胁下一个布袋子里，——袋子里已经有了一只野鸡，毛色灿烂的一照。装了一粒新的子弹，背上枪，向北，他走出了这个林子，红色的绑腿到很远很远还看得见。秋天真是辽阔啊。

现在我们干什么呢，在这个寂寞的树林里？

注释

原载《新路周刊》一九四八年第一卷第九期。

小贝编

一、小贝编

窗前这片雨是那朵山头的轻云。
胭脂果重新开出漫山鲜亮的花。
花在你百褶的裙裥里等待风信：
昨天花朵下我有我的瓶。
今天我瓶里开了满瓶花。
舀一瓢水也舀一瓢影子：
珊瑚的红完成了绿的海。
珊瑚有港，港有灯塔，有雾。
洞庭多落叶，树依然是树；

二、小贝杂录

小时候我有一方樱红的水晶，

> 里头有条小小虫儿，记不得是
> 金妈妈是碧嬉嬉，整整二十年
> 了，我才真想起它一回。

鸽子和钟声，好太阳，开窗，金银花香里我有我的小学校。我记得小学校里许多事情，其中最切的两件，姓詹的胖斋夫剪冬青树和我们的书。书大都有字也有画，长大了我颇为它们糊涂过，这些画是解释字的呢，还是字解释画？不知我曾否喜欢过那些字，但至今还是喜欢画的。并且，我的爱画与字无干。起先，画多字少，慢慢地画比较少了，我们自己仿佛也写在那些字里，画在那些画里，和在里头变。因此即使觉得，也不说出；直至说出，才真算觉得。我说“少了”，恐怕那是日后的事，是看惯了没有画的书时的经验了。詹胖子都老了；一排一排的冬青树头剪平了又长圆了，而我们似乎不断地比冬青树矮。冬青树上留名，故事里头没有，但青梧绿竹随处皆有，你看看那些题刻，心下如何？“画少了呢。”这句话太吓人，我从来没听过有人敢大胆说过，倒是有一次放学回来，玩了半天，我忽然想起来告诉姐姐：“我的画也没有颜色了。”姐姐不响，拿过我的书翻了翻，灯下她有个很好思想：“这是多么一个得意；没有颜色可以自己填。”青制服，红帽子，小猫是黄的，小狗也是黄的。所惜者，我们的色牒有限；所幸者，则颜色先有而后有颜色名称，我们常用了我们不知道的颜色。

我想回去，回去看看那些书，那些画，看看填的颜色，也看看有没有还白着的，如果有，刚才我想：我填；现在，我已经想不那么做了，因为我不会那么做的，并且我知道。我想，街上我会碰到詹老头子。

> 犹之百花丛中你看见一朵花，那是一朵花，等一瓣一瓣描给自己时，便非像适才所见，且恐怕就不是一朵花了。

人在梦里是个疯子，疯人想必不做梦，我有一个梦，梦成一句话：“秋天是一节被删的文章。”梦时不甚了了，当然也就仿佛懂得，知道梦了多少时候，那实在是一个奇妙的结构，没有人，没有声音，灯上取一点，花上取一点，虹上取一点，向百物提来一个概念像合成一片红，这片红又赋得一个形式而成了我的梦：天地奄参，当中一条大路，干而且白。路上什么也没有。有风，但风透明无物。不多近，不多远，他们，——我说是那些命定的标点，一个个站着，高高翻起衣领。这边看看，又看看那边，我笑出来又觉得真不该，我有点难受，半天我没跟人说一句话，寂寞。

另一次，另一个梦，我什么也不为的兴奋得出奇。白天我劳顿得像行军时拖在后头的矮兵，可是我没有他一样的睡眠：一二一，左右左，这样简单而永无绝断（连环小数一般的）事物挂着我如挂一个摆。七天，整整的七天，我瘦了。你在太阳下烧过纸或是草之类的东西么，你该看见过火上的空气。那跳动的样子，也许像几张糯子纸叠在一处。我那七天常有的感觉便是那样，偶然阖眼，我便做起喝水的梦，我喝得非常舒服，水的冷暖甜咸各有不同。尤其难以分辨的是那一次一不同的舒服，可是我当时的确非常明白。一句老话，真是“如人饮水”了。（那种舒服，实几近于快乐了。）第七夜，我严肃而固执地（不知向谁）说：

“所有的东边都是西边的东边。”

我念着念着，梦里心想莫又忘了，醒来果然竟没有忘。我想起优钵的花。

一个仙谷开满艳红的大花，一条黑蛇采食百花，酿成毒，想毒死自己。结果蛇是没有了，花尽了，谷中有一蛇长长的毒。所有的东边都是西边的东边。

假若，世上什么也没有，除了镜子，这些镜子是什么，它有什么？

窗子里的窗子

一天，我独自去一个市郊公园去看孔雀。人真少，野渡无人舟自横，我在一个桥上坐了半天，大风里我把一整盒火柴都划亮了，抽烟的欲望还不能满足。孔雀前面我本身是个太古时代。想，捡两根孔雀毛回去做个见证，可它偏不落。不落便不落吧，能怨怪谁去。孔雀使我想起向日葵：影转高梧月初出，向日葵不歇地转，虽然谁能说：“你看，它在转呢。”于是它无时不有个正面的影子。(或许是背影。但地上的正背原是一样，亦要不是侧影就成。)一片广场上植满向日葵，那图案是孔雀的翎。我们小学校中做手工时，先生教用铅笔刨花贴在纸上做翦秋罗，其实若做向日葵的影子才真合适。孔雀有蛇一样的颈子，可是它依然不能回头看自己开屏。第一只孔雀把它的悲哀留在水里给我。

然而，一切光荣归诸神！

是的。这是装饰的意义和价值。每天早上，我醒来。好春天，我醒得如此从容，好像未醒之前就知道要醒了，我一切都在醒之前准备好了。我满足而宁静。“幸福”，我听见一个声音。窗前鸟唱，我明白那唱的不是鸟。枕上嗅到的，不是香，宁是花。莫问我花为什么开，花不开在我眼睛里，而我满心喜悦，满心感谢。

有人喜欢花开在瓶里比开在枝上更甚，那是他把他自己开在花里了。一样最美的事物是完整的，因为完整，便是唯一的。一首乐曲使乐曲之外的都消失了。

我信仰“一切不灭”，但因此我尊重插花的人。

插花须插向，鬓边斜。你想起什么呢，创造？

我有一个故事。一个精于卜卦的窑工，造了一只瓶，并卜了一卦。两件事都做得非常秘密。几年之后，这只瓶为一个阀阅豪家买去，供在厅事的几案上。这窑工乔装了一个古董商，常往豪家走动。某天，他很早便叫醒自己，结束停当，去拜见豪家主人，他有那么丰富的知识、字画、器玩，花鸟虫鱼，烟酒歌吹，无一不精，故能把主人留在厅上整整半天。炉香细细，帷幕沉沉，静得像一个闭关的花园，灰尘轻轻地落下来。主人看那窑工（我只能如此称呼他）直视壁上的钟，脸上越来越紧张，越来越严肃，正要叫他，他一摆手，噤住主人的声音，一切全凝固了。忽然，他抖了一下，那要求的事情终于求了：丁，瓶碎了。“呵！”他满眼泪光，走过去，在碎片中寻出一片，细致的凹面上读出一行工整的蓝字：“某年月日时刻分，鼠斗□[1]朽钉毁此瓶！”两声啁啾，使主客都寒噤。

这窑工会从此不造他的瓶了，不卜他的卦了呢，你想？

---

① 原稿文字漫漶处，均以□代替。——编者注

每一朵花都是两朵：一朵是花；一朵，作为比喻。

可以互相比喻的事物原是很多的，我们的世界是那么大。

我有过一把檀木镂刻的折扇，我早就知道它会散的。

我整天带着它，打开又合拢，我让风从空花中过去，

于是从来便是旧了的丝带断了。

我想起“自己”。

一天，我去看一个朋友。他正要出去一会儿，教我先坐一会儿。我挑了一张椅子，自己倒了一杯茶。“× × 来了一封信，在这里”，我的信才看了一半时，一个风尘满面的人敲敲门进来了。“是了。”我仿佛听见他心里的话。他一定从街这边看到街那边，（那他一定看到墙上的标点，屋檐下的鸽子，一朵云，一枝花。）才找到他要找的号数。他一只手提了皮箱，另一只手在皮箱上摸来摸去。（他想：总不免的，一开头有点窘，唉，我总是这么局促：但是不妨事，就会好的。）我放下信，觉得该站起来招呼。在他看到那个信封而脸上有点笑意时，我接过他的箱子。这个人是常出门的，他的箱子上嵌有一张名片。我还没看进名片上的字，那人恳切地握了我的手，接着便说起他在路上大略想过一遍的话来。

“令兄的信大概前两天到了。我们，唉，我与令兄是老朋友。

“他的病全好了。现在还住在老地方。

“现在还需要休养休养，一时不会做什么事。他想整理一点旧稿子。你这里如果有，就给寄出。

“都希望你暑假出去玩玩呢。快了，还有不到两个月了。

“车子，嗨，就是车子难找。不过，总有办法，总有办法。”

我一面含含糊糊应答，一面狐疑，这个人是怎么回事呢？一直等他说个尽兴，我给他倒了杯茶，自己也把那杯没有喝的茶端

起，嘴里说：“一路辛苦了，路不平。”心想怎么应付。忽然，那个信封在我眼前清楚起来，我笑了。

“请坐一坐，他一会儿就回来。”

我细细地喝茶，让茶从我的齿缝间进去，瞟了瞟这位客人的鞋子，想看看他那名片依然没有看清。我那朋友就要来了。他会不会老拿问我的话问这位先生：“来了多少时候了？”那可糟，他一定回答不出，有多少人会先看看表坐下来再来等人的。他一直没看表。

你大概都住过旅馆。当茶房把钥匙交给你，你在壁上那面照过无数人的镜子里看一看，你要出去了。门口账房旁边一面大牌子等着你，×××，你会看到自己的名字。我喜欢那一个发现，一个遇合，不啻被人亲切地叫了一声。一个主人，一个客人，多么奇特的身份！我想以后不再在登录册上随便写两个或三个字，虽然事实上我以前也不常这么做。那位先生在皮箱上嵌个名片，他实在可爱得很。

每一个字是故事里算卦人的水晶球，每一个字范围于无穷。我们不能穿在句子里像穿在衣服里，真是！“记得绿罗裙，处处怜芳草”？“马为仰天鸣，风为自萧萧”？不早了，水纹映到柳丝上了。

一九四三年三月十日

注释

原载一九四三年四月二十八日、五月一日昆明《大国民报》。

家信

一

小孩子知道自己已经能走了，该是多么惊喜。从两只盛满爱意的手中解放出来，得到地的经验感觉了□□，那一刻，他实在是一个小狂人，看他笑得那么尽情。到真能离开手时，他认为平坦已经熟知，更来一些新的，他要。于是门槛、台阶，这些世界的边界来接近他，引诱他了。他不知这手脚分工原则，短短的，肥肥的，有环节有涡的，凡可着力处都着了力。莫笑，莫让他为努力与成功含羞。而且只需偷偷地看着就行了，不要露出准备帮忙的样子。好母亲，他跟你一样的敏感呢。为了更加深你的爱，你压制住一点。嘘，你的花，花落在地毯上了：我要提醒你移开你的眼睛了。

二

家里很静。但这种静与小学校课堂里的不同。昨天送孩子去上学，我想起我们从前小心藏住自己的声音，就像藏住口袋里一只黄嘴麻雀一样。好在这是有限度的。先生说，你们一齐读吧：

"亚洲的东部……"

"纪元前四百七十一年……"

声音里有共同的欢喜。一面读，一面听：下课铃是世间最响的声音。到了家，孩子是你的了。我只想现在我们是属于静的，静不为我们所有。一种没有起始也没有结果的静，那么温和，那么精致，那么忧郁。

我心里背着各种花名，看能背得多少。

注释

原载一九四三年六月十日《春秋导报》。

烧花集

一叶落而天下知秋。秋与知是否邈不相关？二而一？管它！落下一片叶子是真的。普天下决不能有两片叶子同时落，然而普天下并是那一个风也。只要是吹的，不管什么风。风不可捕，我拾起这片叶子。红的么？

我的欢情，那一枝……

一片寂静的树枝中，有一枝动了，颤巍巍的；韵律与生命合成一体，如钟声。于是我想起，一只小鸟，蹬一蹬，才从这里飞去。静是常，动是变，然而任何一刻是永远。

“有笑的一刻，就有忆笑的一刻”，一笑是无穷。

没有人能够在看到之后才认识。你是跟我的生命一齐来的。“美的定义是引起惊讶与感到舒适”；后者是已经熟悉的，前者是将会熟悉的：希望的眼睛与回忆的眼睛有同样的光，因为它们本来是一个。回忆未来的风雨晴晦，你看，天上的云，多真实。

水至清则无鱼，然而历历可数岂非极可喜境界？

——历历可数么？不可能的。一尾，两尾，三,四，虎皮石边，白萍动了，一个水花儿，银鳞翻闪，啫，红蓼花边的眼睛映一点夕阳如珠，多少了？忘了。单是数本身就是件弄不清的事。“我还没有到能静静分析自己的年龄”，永远也到不了。

“想到你的爱特别是一种头脑的爱，一种温情与忠诚的美而智的执着。”芥龙为这句话激恼了。

一枝西番莲以绿象牙的嫩枝自陶缶中吮收水分。一只满载花粉的蜜蜂触动花瓣，垂着细足飞出窗外。幸福可见如十指。

附

烧花集题记

终朝采豆蔻，双目为之香。一切到此成了一个比喻，切实处在其无定无边。虽说了许多话，则与相对嘿无一语差不多少，于是甚好，我本有志学说故事，不知什么时候想起可以用这样文体做故事引子，一时怕不会放弃。去年雨季写了一点，集为《昆虫书简》，今年雨季又写了《雨季书简》及《蒲桃与钵》，这《烧花集》则不是在淅沥声中写的了。□是一个不同耳，故记之。“烧花”是什么意思，说法各听尊便可也。谁说过“花如灯，亮了”，我喜欢这句话，然于“烧花”亦自是无可无不可。

一九四三年十二月二日

注释

原载一九四三年《建国导报》第一卷第一期。

街上的孩子

一

街上看见小儿祈雨，二十多个孩子，大的十来岁，最小的才四五岁，抬着两顶柏枝扎成的亭子轿子之类东西，里面烧香，香烟从密密的柏叶之间袅袅透出，气味极浓。前面几个敲糖锣小鼓，多半徒手。敲小鼓的两个，他们很想敲出一个调子，可是老有参差。看他们眼睛，他们为此苦恼。一心努力于维持凑合那个节奏，似已忘却一切。到别人同声高唱那支求雨的歌谣时，便赶紧煞住鼓声和着一起唱。当大人一说“求雨去”，这声音熏沐他们，让他们结晶。这使他们快乐，一种难得的不凡的经验，一种享受。而从享受、从忘记一切的沉酣状态正可以引出热诚。他们念“小小儿童哭哀哀，撒下秧苗不得栽”，是倾全部感情而叫出来的，他们全身肌肉都颤动。这些孩子脸上都有一种怪样的严肃，一种悲剧的严肃，好像正做着一件了不起的事。这些香烟、柏枝、哑哑的锣鼓，这支简单的歌，这穿在纷乱喧闹中的一股为一种“神圣”所聚的力，像大海中一股暗流，这在他们身上产生一种近似疯狂的情绪。

二

自从一个学生物的朋友告诉我，蝗虫有五只眼睛，两只复眼，（复眼，想想我第一次知道这个东西的时候！）三只单眼，我就一直很想告诉一个孩子。

我们在大街上，在武成路，晚上八点钟，正是最热闹的时候，我们一路走过来，一路东张西望。我们发现许多很有趣的事情。我们同时驻足了：两个孩子，在八点多钟的武成路，在汽车，无线电，电灯，在黄色显得是纯白，红色发了一点紫的武成路边上，两个孩子蹲着。他们蹲在那里，正像蹲在一棵大树的阴影底下，在一边潺潺的溪水旁边一样。他们干什么？嘿，他们在找石缝里的土狗子哩！

三

我们在小西门外一个小酒馆的檐外看见一个卖种子的。他有不少种子，扁豆，油菜，葫芦，丝瓜，苞谷，甜椒，茄子，还有那种开美丽蓝色单瓣小花，结了籽儿乡下人放在粑粑里吃的东西，许多不知名、不认识的东西，每一样都极其干净漂亮，有乡下人来买，用手点点这个抓抓那个，卖的人就跟着看看这，看看那，彼此细细地谈着。这些种子把他们沟通起来。他们正在合作，共同完成一种爱情，爱那些种子。他们依照他们习惯，都蹲着，都抽金堂叶子烟。你正说，总觉得卖种子的比一般乡下人要“高”，一种令人感动的职业，而我们一回头，我们看见另外一件事。

一个大约十四五岁孩子，坐在他家米铺子门前堆积的米包上，他面前四五尺人行道上有一张对折的关金券。从那孩子的脸上蹊跷表情，你发现那张票子拴了一根黑线，线牵在那孩子藏在背后的手里。我们看了半天，并未有人去捡，有几个人经过，都没看见。那孩子（孩子！）始终挂一脸那种古怪表情，他等待胜利，一个狂喜就要炸出来，不大禁压得住，他用力闭他的嘴，嘴角刻纹，他颔下肌肉都紧张了。他的自满（自满于杰作的发明？）比谲秘多。这孩子！无疑有一种魔鬼的聪明。我简直不知对他怎么好。我想刷他一个耳光么？没有，我没有。真是，见你的鬼，我走了！

六月十八日，昆明

注释

原载一九四六年九月三十日《文汇报》。

『膝行的人』引

……我还是一直常常想起“移植”。纪德与巴雷士打了那么一场笔墨官司，实在是很有意思的事。他们这回好像非把对方掼倒了不可，像第一次世界大战威廉皇帝所说，“德国统治欧洲，或崩溃”，认了真，到短兵相接的时候了。若在中国，这时该走出一个在旁边看了半天的，如晁天王与赤发鬼打得正上劲时在当中用一根什么链条那么一隔的吴学究，一两句话排了难，解了纷：大家都是好汉，不必伤了和气，前面是个茶铺，坐下细谈细谈，有一宗没本钱生意，正要齐心合作。在中国，真是，谁为了这么一个毫不相干的抽象观念而费这么多唇舌，谁都觉得，何苦来呢。纪德与巴雷士的距离并不远，他们之间比他们与我们近得多。我对纪德的话一向没有表示过反对，但有些说法与我们日常经验渺不相及，觉得生疏。他口口声声叫人忘了他的书，去生活。真的，只有生活过来，才会了解看来完全是轻飘飘趁笔而书的抒情词句中的辨证。别的不说，他这回提到的“迁根”，没有问题，应当注定了要胜利。我是种过一点花的，可以给他找出几个例证；虽然从哪一方面说，我都好像是个安土重迁、不好活动的人。但是……

生于淮北则为枳的那棵树还算得是橘么？人烟寒橘柚，秋色老梧桐，回到你看来全不是的故乡有无天涯之感？那么我们回顾一下。

白马庙的稻子在我们离去时已经秀过了。长得那么高，晚上从城里回来，看包围着自己摇动的一大阵黑影，真有点怕噢？现在想必都割下来了吧。收获的时候总是高兴的，摆在田头碗里的菜一定更多油水。几个月的辛苦，几个月的等待，真不容易。我们看他们浸种，下池，小秧子小鹅似的一片，拔起来，再插下去，然后是除草，车水，每清晨夜半可隔墙听到他们工作谈话声音。你还记得？——该记得的，我们那回在门前路上拾回来的一个秧把？他们从秧池中把小秧子拔出来，扎成一个一个的把，由富有经验的、熟悉田土的一把一把扔到田里，再分开插下。每一块田大都有一定的，可以插多少把。扔，偶尔有时扔多了一半把。按种田人规矩，这块田里的把不兴带到另一块田里去。用不完，照例只有拉起来掼到路边。接不到水，大太阳晒，很快就呈粉绿色，死了。我们捡回来的那把，虽放在瓷盆中，沃以清水，没多少日子也不行了。你当初还直想书桌上结出一穗金黄色的稻子玩玩呢！“爬着一条壁虎”的那个粉定盆子还是只宜养野菊花，款式配；花也顽强，一朵一朵开得那么有精神，那么不在乎，教人毫不觉得抱歉。

话说至此，本已够了，但还有一件事，印象极深，不能忘去。新校舍南区外头城墙缺口下当年是护城河，后来不知怎么一滴水也没有了？颇不窄呀，横着摆，一排不少个花盆呢。你大概没有下河底看过，拐弯的地方有个小木头牌子，“云南农林试验场第十七号苗圃”。这里种的全是尤加利。夏天傍晚在那一带散步的一定全都闻到这种树蒸出来的奇怪气味，有点像万金油。每年，清明边上，那个住在城头上小木屋里的人要忙几天，带着他那条狗。这些树苗要拔起来，离别，分散，到我们逃过警报的山上的风里摇。我注意那个园工每掘一棵树，总带起树根四围的一块土，不把它抖得很干净。这些树苗也许还不觉得换了环境吧。在离开苗圃未到山上之间，那一两天它们生活在带在根上的那一小块土之中。

D，我不能确实地感到我底下是不是地呢，虽然我落脚在这个大地方已经近一个月了。你怎么样，会不会要到仓前山却说成了五华山？……

一九四六年十月，上海

注释

原载一九四七年五月十日《益世报》。

鸟粪层

常常想起些自己不大清楚的东西，温习一次第一次接触若干名词之后引起的朦胧的向往。这两天我想鸟粪层。手边缺少可以翻检的书，也没有人可以告诉我一点关于鸟粪层的事。

书和可以叩问的人是我需要的么?

猎斑鸠

那时我们都还很小。我们在荒野上徜徉。我们从来没有那么更精致的、更深透的秋的感觉。我们用使自己永远记得的轻飘的姿势跳过小溪，听着风溜过淡白色长长的草叶的声音（真是航）过了一大片地。我们好像走到没有人来过的秘密地方，那个林子，真的，我们渴望投身到里面而消失了。而我们的眼睛同时闪过一道血红色，像听到一声出奇的高音的喊叫，我们同时驻足，身子缩后，头颈伸出一点。我们都没有见过一个猎人，猎人缠那么一道殷红的绑腿，在外面是太阳，里面影影绰绰的树林里。这个人周身收束得非常紧，瘦小，衣服也贴在身上，密闭双唇，两只眼睛苛在里面，颊部微陷，鹰钩鼻子。他头伸着，但并不十分用力，走过来，走过去。看他的腿胫，如果不提防扫他一棍子，他会随时跳起避过。上头，枝叶间，一只斑鸠，锈红色翅膀，瓦青色肚皮。猎人赶斑鸠。猎人过来，斑鸠过去，猎人过去，斑鸠过来。斑鸠也不叫唤，只听得调匀的坚持的扇动翅膀声音。我们守着这一幕哑斗的边上。这样来回三五次之后，渐渐斑鸠飞得不大响了，它有点慌乱，神态声音显得踉跄参差。在我们未及看他怎么扳动枪机时，震天一声，斑鸠不见了。猎人走过去拾了一只死鸟，拂去沾在毛上的一片枯叶。斑鸠的颈子挂了下来，一晃一晃。我们明明看见，这就是刚才飞着的那一只，锈红色翅膀，瓦青色肚皮，小小的头。猎人把斑鸠放在身旁布袋里。袋里已经有了一只灿烂的野鸡。他周身还是那样，看不出哪里松弛了一点，他重新装了一粒子弹，向北，走出这个林子。红色的绑腿到很远很远还可以看得见。秋天真是辽阔。

我们本来想到林子里拾橡栗子，看木耳，剥旧翠色的藓皮，采红叶，寻找伶仃的野菊。这猎人教我们的林子改了样子了，我们干什么好呢？

蝶

大雨暂歇。坟地的野艾丛中
一只粉蝶飞

矫　饰

我很早很早就作假了。

八岁的时候，我一个伯母死了。我第一次（第一次么？不吧？是比较重大的一次）开始“为了别人”而做出种种样子。我承继给那位伯母，我是“孝子”。嚇，我那个孝子可做得挺出色，像样。我那个缺少皱纹的脸上满是一种阴郁表情，这很容易被人误认为是哀伤。我守灵，在柩前烧纸，有客人来吊拜时跪在旁边芦席上，我的头低着，像是有重量压着抬不起来，而且，喝，精彩之至，我的眼睛不避开烟焰，为的好熏得红红的。我捏丧棒，穿麻鞋，拖拖沓沓的毛边孝衣，一切全恰到好处。实在我也颇喜欢这些东西，我有一种快乐，一种得意，或者，简直一种骄傲。我表演得非常成功，甚至自己也感动了。只有在“亲视含殓”时我心里踌躇了，叫我看穿戴凤冠霞帔的死人最后一眼，然后封钉，这我实在不大愿意。但我终于很勇敢地看了。听长钉子在大木槌下一点一点地钉进去，亲戚长辈们都围在我身后，大家都严肃十分，很少有人接耳说话，那一会儿，或者我假装挤出一点感情来的。也模糊了，记不大清。到葬下去，孝子例须兜了土在柩上洒三匝，这是我最乐意干的。因为这是最后一场，戏剧即将结束。

（我差点儿全笑出来。说真的，这么扮演也是很累的事。）而且这洒土的制度是颇美的。我倒还是个爱美的人！

近几年来我一直忘不了那一次丧事。有时竟想跟我那些亲戚长辈说明白，得了吧。别又来装模作样。

一九四七年一月

注释

原载一九四七年一月十四日《文汇报》。

朱砂梅与百合

朱砂梅一半开在树上，一半开在瓶里。第一个原因是花的性格，其次才由于人性。这种花每一朵至少有三个星期可见生命，自然谢落之后是不计算在内的，只要一点点水，不把香，红，动，静，总之，它的蕊盛开了，决不肯死，而且它把所有力量倾注于盛开，能多久就多久。

有一种百合花呢，插下来时是一朵蕾儿，裹得那么紧，含着羞，于自己的美；随便搁在哪儿吧，也许出于怜惜，也许出于疏忽的偶然，你，在鬓边，过两天，你已经忘了这回事，但你的眼睛终会忽然在镜里为惊异注满光和黑。——它开了，开得那么好！

荔　枝

荔枝有鲜红的壳，招呼飞鸣的鸟，而鸟以为那一串串红只宜远处看看，颜色是吃不得的。它不知道那层壳是多么薄，它简直忘了它的嘴是尖的喉，于是果实转因此而自喜。孤宁和密合都是本能。而神又于万物身内分配得那么势均力敌，只要那一方稍弱些，能够看到的便只一面：荔枝壳转黑了，它自己酿成一种隽永的酒味。来，再不来就晚了。

一枚荔枝剥了壳，放在画着收获的盘子里。一直，一直放着。

蝴　蝶

我有两位朋友，各有嗜好，一位毕生搜集各色蝴蝶，另一位则搜集蝴蝶的卷须。每年春天，他们旅行一次，一位自西向东，一位自东向西。某天，他们同时在我的画室里休息。春天真好，我的花在我的园里作我的画室的城。但他们在我这里完全是一个旅客，怎么来，还是怎么走，不带去什么。

蒲公英和蜜蜂

蒲公英的纤絮扬起，它飞，混合忧愁与快乐，一首歌，一个沉默。从自然领得我所需、我应有的，以我所有的给愿意接受的，于是我把自己又归还自然，于是没有不瞑目的死。

一夜醒来，我的园子成了荒冷的丘地。太多的太阳，太多的月亮，园墙显得一步一步向外移去。我呆了，只不住抚摸异常光滑的锄柄，我长久地想着，实在并未想着什么，直到一只蜜蜂嘤然唤我如回忆，我醒了。

我起来，（虽然我一直木立）虽然那么费力，我在看看我的井，我重新找到我的，和花的，饮和渴。

一九四四年二月四日夜 鸡鸣月落 疏星在极高远处明昧

注释

原载一九四四年二月二十二日、二十九日昆明《扫荡报·现代文艺》第十三、十五期。

花园

——茱萸小集二

在任何情形之下，那座小花园是我们家最亮的地方。虽然它的动人处不是，至少不仅在于这点。

每当家像一个概念一样浮现于我的记忆之上，它的颜色是深沉的。

祖父年轻时建造的几进，是灰青色与褐色的。我自小养育于这种安定与寂寞里。报春花开放在这种背景前是好的。它不致被晒得那么多粉，固然报春花在我们那儿很少见，也许没有，不像昆明。

曾祖留下的则几乎是黑色的，一种类似眼圈上的黑色（不要说它是青的），里面充满了影子。这些影子足以使供在神龛前的花消失。晚间点上灯，我们常觉那些布灰布漆的大柱子一直伸拔到无穷高处。神堂屋里总挂一只鸟笼，我相信即是现在也挂一只的。那只青裆子永远眯着眼假寐（我想它做个哲学家，似乎身子太小了）。只有巳时将尽，它唱一会儿，洗个澡，抖下一团小雾在伸展到廊内片刻的夕阳光影里。

一下雨，什么颜色都重郁起来，屋顶，墙，壁上花纸的图案，甚至鸽子：铁青子，瓦灰，点子，霞白。宝石眼的好处这时才显出来。于是我们等斑鸠叫单声，在我们那个园里叫。等着一棵榆梅稍经一触，落下碎碎的瓣子，等着重新着色后的草。

我的脸上若有从童年带来的红色，它的来源是那座花园。

我的记忆有菖蒲的味道。然而我们的园里可没有菖蒲呵！它是哪儿来的，是哪些草？这是一个无法解决的问题。但是我此刻把它们没有理由地纠在一起。

“巴根草，绿阴阴，唱个唱，把狗听。”每个小孩子都这么唱过吧。有时什么也不做，我躺着，用手指绕住它的根，用一种不露锋芒的力量拉，听顽强的根胡一处一处断。这种声音只有拔草的人自己才能听得。当然我嘴里是含着一根草了。草根的甜味和它的似有若无的水红色是一种自然的巧合。

草被压倒了。有时我的头动一动，倒下的草又慢慢站起来。我静静地注视它，很久很久，看它的努力快要成功时，又把头枕上去，嘴里叫一声“嗯！”有时，不在意，怜惜它的苦心，就算了。这种性格呀！那些草有时会吓我一跳的，它在我的耳根伸起腰来了，当我看天上的云。

我的鞋底是滑的，草磨得它发了光。

莫碰臭芝麻，沾惹一身，嗐，难闻死人。沾上身子，不要用手指去拈，用刷子刷。这种籽儿有带钩儿的毛，讨嫌死了。至今我不能忘记它：因为我急于要捉住那个“都溜”（一种蝉，叫得最好听），我举着我的网，蹑手蹑脚，抄近路过去，循它的声音找着时，拍，得了。可是回去，我一身都是那种臭玩意。想想我捉过多少“都溜”！

我觉得虎耳草有一种腥味。

紫苏的叶子上的红色呵，暑假快过去了。

那棵大垂柳上常常有天牛，有时一个，两个的时候更多。它们总像有一桩事情要做，六只脚不停地运动，有时停下来，那动着的便是两根有节的触须了。我们以为天牛触须有一节它就有一岁。捉天牛用手，不是如何困难的工作，即使它在树枝上转来转去，你等一个合适地点动手，常把脖子弄累了，但是失望的时候很少。这小小生物完全如一个有教养惜身份的绅士，行动从容不迫，虽有翅膀可从不想到飞；即是飞，也不远。一捉住，它便吱吱扭扭地叫，表示不同意，然而行为依然是温文尔雅的。黑地白斑的天牛最多，也有极瑰丽颜色的。有一种还似乎带点玫瑰香味。天牛的玩法是用线扣在颈子上看它走。令人想起……不说也好。

蟋蟀已经变成大人玩意了。但是大人的兴趣在斗，而我们对于捉蟋蟀的兴趣恐怕要更大些。我看过一本秋虫谱，上面除了苏东坡米南宫，还有许多济颠和尚说的话，都神乎其神的不大好懂。捉到一个蟋蟀，我不能看出它颈子上的细毛是瓦青还是朱砂，它的牙是米牙还是菜牙，但我仍然是那么欢喜。听，嚁嚁嚁嚁，哪里？这儿，是的，这儿了！用草掏，手扒，水灌，嚁，蹦出来了。

顾不得螺螺藤拉了手，扑，追着扑。有时正在外面玩得很好，忽然想起我的蟋蟀还没喂呢，于是赶紧回家。我每吃一个梨，一段藕，吃石榴吃菱，都要分给它一点。正吃着晚饭，我的蟋蟀叫了。我会举着筷子听半天，听完了对父亲笑笑，得意极了。一捉蟋蟀，那就整个园子都得翻个身。我最怕翻出那种软软的鼻涕虫。可是堂弟有的是办法。撒一点盐，立刻它就化成一摊水了。

有的蝉不会叫，我们称之为哑巴。捉到哑巴比捉到“红娘”更坏。但哑巴也有一种玩法。用两个马齿苋的瓣子套起它的眼睛，那是刚刚合适的，仿佛马齿苋的瓣子天生就为了这种用处才长成那么个小口袋样子，一放手，哑巴就一直向上飞，决不偏斜转弯。

蜻蜓一个个选定地方息下，天就快晚了。有一种通身铁色的蜻蜓，翅膀较窄，称“鬼蜻蜓”。看它款款地飞在墙角花荫，不知什么道理，心里有一种说不出来的难过。

好些年看不到土蜂了。这种蠢头蠢脑的家伙，我觉得它也在花朵上把屁股撅来撅去的，有点不配，因此常常愚弄它。土蜂是在泥地上掘洞当作窠的。看它从洞里把个有绒毛的小脑袋钻出来（那神气像个东张西望的近视眼），嗡，飞出去了，我便用一点点湿泥把那个洞封好，在原来的旁边给它重掘一个，等着。一会儿，它拖着肚子回来了，找呀找，找到我掘的那个洞，钻进去，看看，不对，于是在四近大找一气。我会看着它那副急样笑个半天。或者，干脆看它进了洞，用一根树枝塞起来，看它从别处开了洞再出来。好容易，可重见天日了，它老先生于是坐在新大门旁边息息，吹吹风。神情中似乎是生了一点气，因为到这时已一声不响了。

祖母叫我们不要玩螳螂，说是它吃了土谷蛇的脑子，肚里会生出一种铁线蛇，缠到马脚脚就断，什么东西一穿就过去了，穿到皮肉里怎么办？

它的眼睛如金甲虫，飞在花丛里五月的夜。

故乡的鸟呵。

我每天醒在鸟声里。我从梦里就听到鸟叫，直到我醒来。我听得出几种极熟悉的叫声，那是每天都叫的，似乎每天都在那个固定的枝头。

有时一只鸟冒冒失失飞进那个花厅里，于是大家赶紧关门，关窗子，吆喝，拍手，用书扔，竹竿打，甚至把自己帽子向空中摔去。可怜的东西这一来完全没了主意，只是横冲直撞地乱飞，碰在玻璃上，弄得一身蜘蛛网，最后大概都是从两椽之间空隙脱走。

园子里时时晒米粉，晒灶饭，晒碗儿糕。怕鸟来吃，都放一片红纸。为了这个警告，鸟儿照例就不来，我有时把红纸拿掉让它们大吃一阵，到觉得它们太不知足时，便大喝一声赶去。

我为一只鸟哭过一次。那是一只麻雀或是癞花。也不知从什么人处得来的，欢喜得了不得，把父亲不用的细篾笼子挑出一个最好的来给它住，配一个最好的雀碗，在插架上放了一个荸荠，安了两根风藤跳棍，整整忙了一半天。第二天起得格外早，把它挂在紫藤架下。正是花开的时候，我想是那全园最好的地方了。一切弄得妥妥当当后，独自还欣赏了好半天，我上学去了。一放学，急急回来，带着书便去看我的鸟。笼子掉在地下，碎了，雀碗里还有半碗水。“我的鸟，我的鸟呐！”父亲正在给碧桃花接枝，听见我的声音，忙走过来，把笼子拿起来看看，说：“你挂得太低了，鸟在大伯的玳瑁猫肚子里了。”哇的一声，我哭了。父亲推着我的头回去，一面说“不害羞，这么大人了”。

有一年，园里忽然来了许多夜哇子。这是一种鹭鸶属的鸟，灰白色，据说它们头上那根毛能破天风。所以有那么一种名，大概是因为它的叫声如此吧。故乡古话说这种鸟常带来幸运。我见它们吃吃喳喳做窠了，我去告诉祖母。祖母去看了看，没有说什么话。我想起它们来了，也有一天会像来了一样又去了的。我尽想，从来处来，从去处去，一路走，一路望着祖母的脸。

园里什么花开了，常常是我第一个发现。祖母的佛堂里那个铜瓶里的花常常是我换新。对于这个孝心的报酬是有需掐花供奉时总让我去。父亲一醒来，一股香气透进帐子，知道桂花开了。他常是坐起来，抽支烟，看着花，很深远地想着什么。冬天，下雪的冬天，一早上，家里谁也还没有起来，我常去园里摘一些冰心蜡梅的朵子，再掺着鲜红的天竺果，用花丝穿成几柄，清水养在白瓷碟子里放在妈（我的第一个继母）和二伯母妆台上，再去上学。我穿花时，服侍我的女用人小莲子，常拿着掸帚在旁边看，她头上也常戴着我的花。

我们那里有这么个风俗：谁拿着掐来的花在街上走，是可以抢的。表姐姐们每带了花回去，必是坐车。她们一来，都得上园里看看，有什么花开得正好，有时竟是特地为花来的。掐花的自然又是我。我乐于干这项差事。爬在海棠树上、梅树上、碧桃树上、丁香树上，听她们在下面说，“这枝，哎，这枝这枝。再过来一点，弯过去的。喏，哎，对了对了！”冒一点险，用一点力，总给办到。有时我也贡献一点意见，以为某枝已经盛开，不两天就全落在台布上了；某枝花虽不多，样子却好。有时我陪花跟她们一道回去，路上看见有人看过这些花一眼，心里非常高兴。碰到熟人同学，路上也会分一点给她们。

想起绣球花，必连带想起一双白缎子绣花的小拖鞋，这是一个小姑姑房中东西。那时候我们在一处玩，从来只叫名字，不叫姑姑。只有时写字条时如此称呼，而且写到这两个字时心里颇有种近于滑稽的感觉。我轻轻揭开门帘，她自己若是不在，我便看到这两样东西了。太阳照进来，令人明白感觉到花在吸着水，仿佛自己真分享到吸水的快乐。我可以坐在她常坐的椅子上，随便找一本书看看，找一张纸写点什么，或有心无意地画一个枕头花样，把一切再恢复原来样子，不留什么痕迹，又自去了。但她大都能发觉谁过来过了。到第二天碰到，必指着手说，“还当我不知道呢！你在我绷子上戳了两针，我要拆下重来了！”那自然是吓人的话。那些绣球花，我差不多看见它们一点一点地开。在我看书做事时，它会无声地落两片在花梨木桌上。绣球花可由人工着色。在瓶里加一点颜色，它便会吸到花瓣里。除了大红的之外，别种颜色看上去都极自然。我们常以骗人说是新得的异种。这只是一种游戏，姑姑房里常供的仍是白的。为什么我把花跟拖鞋画在一起呢？真不可解。——姑姑已经嫁了，听说日子极不如意。绣球快开花了，昆明渐渐暖起来。

花园里旧有一间花房，由一个花匠管理。那个花匠仿佛姓夏。关于他的机灵促狭，和女人方面的恩怨，有些故事常为旧日佣仆谈起，但我只看到他常来要钱，样子十分狼狈，局局促促，躲避人的眼睛，尤其是说他的故事的人的。花匠离去后，花房也跟着改造园内房屋而拆掉了。那时我认识花名极少，只记得黄昏时，夹竹桃特别红，我忽然又害怕起来，急急走回去。

我爱逗弄含羞草。触遍所有叶子，看都合起来了，我自低头看我的书，偷眼瞧它一片片地开张了，再猝然又来一下。他们都说这是不好的，有什么不好呢。

荷花像是清明栽种。我们吃吃螺蛳，抹抹柳球，便可看佃户把马粪倒在几口大缸里盘上藕秧，再盖上河泥。我们在泥里找蚬子、小虾，觉得这些东西搬了这么一次家，是非常奇怪有趣的事。缸里泥晒干了，便加点水，一次又一次。有一天，紫红色的小觜子冒出了水面，夏天就来了。赞美第一朵花。荷叶上哗啦哗响了，母亲便把雨伞寻出来，小莲子会给我送去。

大雨忽然来了。一个青色的闪照在槐树上，我赶紧跑到柴草房里去。那是距我所在处最近的房屋。我爬上堆近屋顶的芦柴上，听水从高处流下来，响极了，訇——，空心的老桑树倒了，葡萄架塌了，我的四近越来越黑了，雨点在我头上乱跳。忽然一转身，墙角两个碧绿的东西在发光！哦，那是我常看见的老猫。老猫又生了一群小猫了。原来它每次生养都在这里。我看它们攒着吃奶，听着雨，雨慢慢小了。

那棵龙爪槐是我一个人的。我熟悉它的一切好处，知道哪个枝子适合哪种姿势。云从树叶间过去。壁虎在葡萄上爬。杏子熟了。何首乌的藤爬上石笋了，石笋那么黑。蜘蛛网上一只苍蝇。蜘蛛呢？花天牛半天吃了一片叶子，这叶子有点甜么，那么嫩。金雀花那儿好热闹，多少蜜蜂！噗——，金鱼吐出一个泡，破了，下午我们去捞金鱼虫。香橼花蒂的黄色仿佛有点忧郁。别的花是飘下，香橼花是掉下的，花落在草叶上，草稍微低头又弹起。大伯母掐了枝珠兰戴上，回去了。大伯母的女儿，堂姐姐看金鱼，看见了自己。石榴花开，玉兰花开，祖母来了。“莫掐了，回去看看，瓶里是什么？”“我下来了，下来扶您。”

槐树种在土山上，坐在树上可看见隔壁佛院。看不见房子，看到的是关着的那两扇门，关在门外的一片田园。门里是什么岁月呢？钟鼓整日敲，那么悠徐，那么单调。门开时，小尼姑来抱一捆草，打两桶水，随即又关上了。水咚咚地滴回井里。那边有人看我，我忙把书放在眼前。

家里宴客，晚上小方厅和花厅有人吃酒打牌。（我记得有个人吹得极好的笛子。）灯光照到花上、树上，令人极欢喜也十分忧郁。点一个纱灯，从家里到园里，又从园里到家里，我一晚上总不知走了无数趟。有亲戚来去，多是我照路，说哪里高，哪里低，哪里上阶，哪里下坎。若是姑妈舅母，则多是扶着我肩膀走。人影人声都如在梦中。但这样的时候并不多。平日夜晚园子是锁上的。

小时候胆小害怕，黑魆魆的，树影风声，令人却步。而且相信园里有个“白胡子老头子”，一个土地花神，晚上会出来，在那个土山后面，花树下，冉冉地转圈子，见人也不避让。

有一年夏天，我已经像个大人了，天气郁闷，心上另外又有一点小事使我睡不着，半夜到园里去。一进门，我就停住了。我看见一个火星。咳嗽一声，招我前去。原来是我的父亲。他也正因为睡不着觉在园中徘徊。他让我抽一支烟（我刚会抽烟），我搬了一张藤椅坐下，我们一直没有说话。那一次，我感觉我跟父亲靠得近极了。

四月二日。月光清极。夜气大凉。似乎该再写一段作为收尾，但又似无须了。便这样吧，日后再说。逝者如斯。

注释

原载昆明《文聚》一九四五年第二卷第三期。

花·果子·旅行

——日记抄

我想有一个瓶，一个土陶蛋青色厚釉小坛子。

木香附萼的瓣子有一点青色。木香野，不宜插瓶，我今天更觉得，然而我怕也要插一回，知其不可而为，这里没有别的花。

（山上野生牛月菊只有铜钱大，出奇地瘦瘠，不会有人插到草帽上去的。而直到今天我才看见一棵勿忘侬草是真正蓝的，可是只有那么一棵。矢车菊和一种黄色菊科花都如吃杂粮长大的脏孩子，要经过很大的努力与克制才能喜欢它。）

过王家桥，桥头花如雪，在一片墨绿色上。我忽然很难过，不喜欢。我要颜色，这跟我旺盛的食欲是同源的。

我要水果。水果！梨，苹果，我不怀念你们。黄熟的香蕉，紫赤的杨梅，蒲桃，呵蒲桃，最好是蒲桃，新摘的，雨后，白亮的瓷盘。黄果和橘子，都干瘪了，我只记得皮里的辛味。

精美的食物本身就是欲望。浓厚的酒，深沉的颜色。我要用重重的杯子喝。沉醉是一点也不粗暴的，沉醉极其自然。

我渴望更丰腴的东西，香的，甜的，肉感的。

纪德的书总是那么多骨。我忘不了他的像。

《葛莱齐拉》里有些青的果子，而且是成串的。

（七日）

把梅得赛斯的“银行家和他的太太”和哈尔司法朗司的“吉卜赛”嵌在墙上。

说法朗司是最了解人类的笑的，不错。他画得那么准确，一个吉卜赛，一个吉卜赛的笑。好像这是一个随时可变的笑。不可测的笑。不可测的波希米人。她笑得那么真，那么熟。（狡猾么，多真的狡猾。）

把那个银行家的太太和她放在一起，多滑稽的事！

我把书摊在阳光下，一个极小极小的虫子，比蚜虫还小，珊瑚色的，在书叶上疾旋，画碗口大的圈子。我以最大速度用手指画，还是跟不上它，它不停地旋，一个认真的小疯子，我只有望着它摇摇头。

（八日）

我满有夏天的感情。像一个果子渍透了蜜酒。这一种昏晕是醉。我如一只苍蝇在熟透的葡萄上，半天，我不动。我并不望一片叶子遮阴我。

苍蝇在我砚池中吃墨呢，伸长它的嘴，头一点一点地。

我想起海港，金色和绿色的海港，和怀念西方人所描写的东方，盐味和腐烂的果子气味。如果必要，给它一点褐色作为影子吧。

我只坐过一次海船，那时我一切情绪尚未成熟。我不像个旅客，我没有一个烟斗。旅客的袋里有各种果子的余味。一个最穷的旅客袋里必有买三个果子的钱。果汁滴在他襟袖上，不同的斑点。

我想学游泳，下午三点钟。

气压太低，我把门窗都打开。

（九日）

我如一个人在不知名小镇上旅馆中住了几天，意外的逗留，极其忧愁。黄昏时天空作葡萄灰色，如同未干的水彩画。麦田显得深郁得多，暗得多。山色蓝灰。有一个人独立在山巅，轮廓整齐，如同剪出。我并不想爬上去，因为他已经在那里了。

念 N 不已。我不知道这一生中还能跟她散步一次否？

把头放在这本册子上，假如我就这么睡着了，死了，坐在椅子里……

携手跑下山坡，山坡碧绿，坡下花如盛宴……回去，喝瓶里甘凉的水。我们同感到那个凉，彼此了解同样的慰安……风吹着长发向后飘，她的头扬起。……

水从壶里倒出来乃是一种欢悦，杯子很快就满了；满了，是好的。倒水的声音比酒瓶塞子飞出去另是一种感动。

我喝水。把一个绿色小虫子喝下去还不知道，它从我舌头上跳出来。

醒得并不晚，只是不想起来。有什么唤我呢，没有！一切不再新鲜。叫一个人整天看一片麦田，一片绿，是何等的惩罚！当然不两天，我又会惊异于它的改观，可是这两天它似乎睡了绿，如一个人睡着了老。天仍是极暗闷，不艳丽，也不庄严，病态的沉默。我需要一点花。

我需要花。

抽烟过多，关了门，关了窗。我恨透了这个牌子，一种毫无道理的苦味。

醒来，仍睡，昏昏沉沉的，这在精神上生理上都无好处。

下午出去走了走，空气清润，若经微雨，村前槐花盛开，我忽然蹦蹦跳跳起来。一种解放的快乐。风似乎一经接触我身体即融化了。

听司忒老司音乐，并未专心。

我还没有笑，一整天。只是我无病的身体与好空气造出的愉快，这愉快一时虽贴近我，但没有一种明亮的欢情从我身里透出来。

每天如此，自然会浸入我体内的，但愿。

对于旅行的欲望如是之强烈。

草屋顶上树的影子，太阳是好的。

（十日）

一九四五年记。在黄土坡

一九四六年抄。在白马庙

注释

原载一九四六年七月十二日《文汇报》。

干荔枝

给"绝无仅有的美好的、不懂事的"。

一、恶作剧

每个人都可以说一段很得意的故事，关于自己从前的恶作剧。这些故事常常本来很平淡，为了说得尽兴，听来入神，不惜化零为整，从别人身上挪借许多材料来。或者干脆改头换面地抄一段书；即使同座有人觉察，露出不耐烦样子，也并不大在意，半秒钟的不自然，马上过去了，又淋漓洒落，顾盼生姿地说下去了；当然，更常常，他说的事根本在这个世界上没有发生过。人为什么易为春无知的感动成狂傲的姑妄听之神情所怂恿呵。这是为什么？生活太不出奇了，憋了那么股子劲，得挥发出来，还是无处售脱你的一肚子鬼聪明？

曾经那么爱说点无关大体的谎，爱荒诞和夸张。我说过我有一条黑的、绿的、金的和一点点紫红色的披风，你也许笑过一阵已经忘记了，我可还记得。然而我告诉你，昨天我们在街上看见的那个大学生给那个瞎子帽子上插了一朵碗大的大红蜀葵花，引得一街人那么愚蠢地笑了半天，我告诉你，我可实在不发生兴趣。给那个大学生狠狠的两个耳光多好呵。

你说我老了？也罢，我是老了。年轻人的愤怒不会有那么深刻的。——什么！小鬼，你说如果真打了那个东西，（打了那一街的人）倒是很有趣的事，而你一边说着一边整理你方才大笑时摇动得披下来的头发，把一根夹针咬在嘴里！

二、波斯菊

问我为什么忽然悄然笑起来。这个笑来得极快，消逝得可怜：我想起一个先生戏称我为“审美家”，想起波斯菊。

你喜欢这个名字么？我知道你在心里念了一次，你的嘴唇动了一下。“波斯——菊”，这唤起你眼睛里的浪漫情趣。我就因为其“名佳”，去掐了一把。花一大片，远望如一个女子中学，或如你们的什么游园会，总而言之，像梦。（这个字我有四年不用了。）因为早晨太阳晒着，闲得快乐，下点雨，就有点愁，又都处处有点无可奈何，难以捉摸。因为很单纯，很温软。（别跳你的眉毛！）当时我看到什么都比后来美些，看到什么都联想到一个人。一个老实认真的写实主义小说家一定在他的大作里写：他掐了一把他的联想和爱情回去了。掐花回去，插在一个绿陶壶里，靠一个小小剔红盒子旁边。我抽了一根烟，不时拨弄一朵两朵花，让它攒三聚五的成一格局。到都成了“一瓶”，都安适妥帖了，我已抽了三根烟了。小院子静得很，听见那条卷毛小狗出出进进走了几次，蜜蜂在檐前唱，垂丝海棠瓣子落在蛛网上。等着，来了。

“刚才有人看见你？”

“去掐花的。”

花含笑，十分调皮，绯红色。

“可一点都不好看。”

让波斯菊一瓣一瓣地落罢。就这么轻描淡写地过去了。现在又到了暑假的时候，下起雨来了，我简直不想出去，很希望有人写信给我，有人送点好吃东西。门前有人乱七八糟地洒下许多花种，走了半月，又回来看了一次，花出了好多。自然，你算聪明，知道了：他指着一棵花苗，问我是什么，那是波斯菊。

好了，我编了一篇故事。你不三天就可以来，来看波斯菊了，哈哈。

三、遗憾

我和一个朋友对坐，共一根蜡烛，各看一本书，有时谈一两句话，以不影响看书为限度。我们服从于此不成文法，因为它给我们许多方便。我笑了笑，他问：“怎么了？”我想起一首旧诗。（未想起诗的音节，想起那诗的趣味。）

我说，一个不穿衣服的脏孩子，浑身都脏，成鼻烟色，极匀均，发光，大眼睛，红嘴唇。这孩子用一枝盛开的梨花退着打一条狗（我失去给狗一个颜色的胆子了），梨花纷纷舞落。这是多么好的画题。我用这幅画写，一首诗。诗题“春天”，结尾是：

看人放风筝放也放不上，
独自玩弄着比喻和牙疼。

谁也不欣赏。

七月八日

注释

原载一九四五年七月十四日、十六日《观察报》。

昆明草木

序

昆明一住七年，始终未离开一步，有人问起，都要说一声“佩服佩服”。虽然让我再去住个几年，也仍然是愿意的，但若问昆明究竟有什么，却是说不上来。也许是一草一木，无不相关，拆下来不成片段，无由拈出；更可能是本来没有什么，地方是普通地方，生活是平凡生活，有时提起是未能遣比而已。不见大家箱笼中几全是新置的东西。翻遍所带几册旧书中也找不出一片残叶碎瓣了么。独坐无聊，想跟人谈谈，而没有人可以谈谈，写不出东西却偏要写一点。时方近午，小室之中已经暮气沉沉。雨下得连天连地是一个阴暗，是一种教拜伦脾气变坏的气候，我这里又无一分积蓄的阳光，只好随便抓一个题目扯一顿，算是对付外面呜呜啦啦焦急的汽车，吱吱扭扭不安的无线电罢了。我倒宁愿找这样一本书或一篇文章看看，自己来写是全无资格的。

十二月十三日记

一、草

到昆明，正是雨季。在家里关不住，天雨之下各处乱跑。但回来脱了湿透的鞋袜，坐下不久，即觉得不知闷了多少时候了，只有袖了手到廊下看院子里的雨脚。一抬头，看见对面黑黑的瓦屋顶上全是草，长得很深，凄凄的绿。这真是个古怪地方，屋顶上长草！不止一家如此，家家如此。荒宫废庙，入秋以后，屋顶白蒙蒙一片。因为托根高，受风多，叶子细长如发，在暗淡的金碧之上萧萧地飘动，上头的天极高极蓝。

二、仙人掌

昆明人家门。有几件带巫术性的玩意儿。门槛上贴红纸剪成的剪刀，锁。门上一个大木瓢，画一个青面鬼脸。一对未漆羊角生在羊头上似的生在门头上。角底下多悬仙人掌一片。不知这究竟是什么意思，也问过几个本地人，说不出所以然。若是乡下人家则在炊

春城无处不飞花

一九八四年四月廿八日　曾祺

烟熏得黑沉沉的土墙上还要挂一长串通红通红的辣椒，是家常吃的，与厌胜辟邪无关，但越显出仙人掌的绿，造成一种难忘的强烈印象。

仙人掌这东西真是贱，一点点水气即可以浓浓的绿下来，且茁出新的一片，即使是穿了洞又倒挂在门上。

心急的，坐怕担心费事，栽花木活，糟蹋花罪过，而又喜欢自己种一点什么出来看看的，你来插一片仙人掌吧。仙人掌有小刺毛，轻软得刺进手里还不知道，等知道时则一手都是了。一手都是你仍可以安然做事。你可以写信告诉人了，找种了一棵仙人掌，告诉人弄了一手刺。就像这个雨天，正好。你披上雨衣。

仙人掌有花，花极简单，花片如金箔，如蜡。没有花柄，直接生在掌片上，像是作假安上去的。从来没见过那么蠢那么可笑的花。它似乎一点不知道自己是个什么样子，不怕笑。呋唷，听说还要结果子呢，叫作什么“仙桃”，能好吃么？它什么都不管，只找个地方把多余的生命冒出来就完事，根本就没想到出果子。这是个不大可解的事，我没见过一头牛一只羊嚼过一片仙人掌。我总以为这么又厚又长的大绿烧饼应当很对它们的胃口的。它们简直连看也不看一眼！

英国领事馆花园后墙外有仙人掌一大片，上多银青色长脚蜘蛛，这种蜘蛛一定有毒，样子多可怕。墙下有路，平常一天没有两三人走过。

三、报春花

虽然我们那里的报春花很少，也许没有，不像昆明。

——《花园》

我不知怎么知道这是报春花的。我老告诉人“这种小花有个好名字，报春花”，也许根本是我造的谣。它该是草紫紫云英，或者紫花苜蓿，或者竟是报春花，不管它，反正就是那么一种微贱的淡紫色小花。花五六瓣，近心处晕出一点白，花心淡黄。一种野菜之类的东西，叶子大概如小青菜，有缺刻，但因为花太多，叶子全不重要了。花梗极其伶仃，怯怯地升出一丛丛细碎的花，花开得十分欢。茎上叶上花上全沁出许多茸茸的粉。塍头田边密密的一片又一片，远看如烟，如雾，如云。

我有个石鼓形小绿瓷缸子，满满地插了一缸。下午我们常去采报春花，晒太阳。搬家了，一马车，车上冯家的猫，王家的鸡，松与我轮流捧着那一缸花。我们笑。

那个缸子有时也插菜花，当报春花没有的时候。昆明冬天都有菜花。在霜里黄。菜花上有蜜蜂。

四、百合的遗像

想到孟处要延命菊去，延命菊已经少了。他屋里烧瓶中插了两枝百合，说是“已经好些天了”。

下着雨，没有什么事情。纱窗外蒙蒙绿影，屋里极其静谧，坐了半天。看看烧瓶里水已黄了，问:“怎么不换换水？”孟说：“由它罢。”桌上有他批卷子的红钢笔，抽出一张纸画了两朵花。心里不烦躁，竟画得还好。松和孟在肩后看我画，看看画，又看看花，错错落落谈着话。

画画完了，孟收在一边。三个人各端了一杯茶谈他桌上台路

雨打梨花深闭门

易士那几句诗，“保卫那比较坏的，为了击退更坏的”，现代人的逻辑啊。正谈着，一朵花谢了，一瓣一瓣地掉下来，大家看看它落。离画好不到五分钟。

看看松腕上表，拿起笔来写了几个字：

“遗像　某月日下午某时分，一朵百合谢了。”

其后不久，孟离开昆明，便极少有机会去他屋前看没有主人的花了。又不久，松与我也同时离开昆明又分了手，隔得很远。到上海三月，孟自家乡北上，经过此地，曾来我这个暮色沉沉的破屋里住了一宿，谈了几次。我们都已经走了不少路了，真亏他，竟还把我给他写的一条字并那张画好好地带着？

这叫我有了一点感慨。走了那么多路，什么都不为地贸然来到这个大地方，我所得的是什么，操持是什么，凋落的、抛去的可就多了。我不能完全离开这朵百合，可自动地被迫地日益远了，而且连眺望一下都不大有时候，也想不起。孟倒是坚贞地抱着做一个“爱月亮，爱北极星的孩子”的志气，虽然也正在比较坏与更坏的选择之中。松远在南方将无法尽知我如今接受的是一种什么教育。啊，我说这些干什么，是寂寞了？“雨打梨花深闭门”，收了吧。——这又令我想起昆明的梨花来了。

注释

原载一九四六年十二月二十七日《文汇报》，署名“方栢臣”。

勿忘侬花

我至今还不知道勿忘侬花是什么样子，我不知道我是否曾经看见过。中国大概是有的吧，但知道这种花的名字的一定比见过这种花的人多，若是不是很美呢是不是当得起这样的名字，它的形色香味真能作为一个临诀的叮咛？——虽然有点感伤，但还不致为一个很现代的聪明人所笑罢，如果还不失为诚挚，除非诚挚也是可嘲弄的，因为这个年头根本不可能有。那我们的生活就实在难得很了，见过不见过其实本无多大关系，在诗文里或信札里说“送你勿忘侬花”而实际并没有，是尽可以的，虽然这样的人现在也都没有了。大概从此这个花要更其湮没了罢，它本身，和它的声名，这不知是花的抑是我们的不幸，或者无甚所谓，连偶尔对于这些种种思念也都应当淡然逝去了，可是有机会我还是想捡起一枝来看看。

在昆明，有一次英国政府派来一个给战地士兵演讲音乐欣赏作为慰劳的生物学家想听一点中国的乐器歌曲，在一个研究院的实验室里，开了一个小茶会，听了几个名家的琵琶笛子，那位——该叫他生物学家还是音乐家呢——也有一个节目，七弦琴独奏！他显然对这个躺着的古乐器还不顶习熟，拧弦定音，指掌太温柔了一点，——七弦琴无疑的是乐器里顶精致，顶不容易伏伺的一种，一点轻微的慌乱教他的脸上过去了又泛上来一片红，他镇静自若着，而不时低低举目看一看，看着他的人，含笑得腼腆极了。——这一笑是感谢大家关切了这半天，现在，没有问题了！他正一正身子，轻咳一声，“普庵咒”，又向身旁的人笑了一笑：这三个中国字说得是不是差不多？普庵咒是常听到的琴曲，近乎描写音乐，比较容易了解。可是这一支庄严静穆的曲子我没有听，我一直看他，看他的明净的头和他的手。我好像曾经看过这样的手，但没有一双手我曾经这样的动情地看过——也许那样的手并不在做着这样的事情。矫健，灵活，敏感，热情，那当然，可是吸引我的是十个手指同时那么致意用力，那么认真，那么“到”，充满精神，充满思想，——有时稍见迟疑，可是通过迟疑之后却并不是含混，少见的那么好看的一双手。也许是过于白皙了，也许是乐器的关系，抚奏的手势偏于优美，显得有一点女性，然而这不是我当时就有的感觉。……喝茶谈话的中间，他忽然起身离去，捧来一瓶，他欢欢喜喜，各种各样的花，瓶是一个实验用的烧瓶，一瓶水碧清，有些很熟，有些印象，浅花都是野花，而这么一瓶插着都似乎是新鲜极了，都是我没有见过的了，开也开得特别好，花大，颜色深，有生气，他一定是满山上出了一点愉快的汗水找来的，他得意极了，一枝一枝拈起来，稍提出一点。好些野花中国跟英国山地里都生着，有的一样，有的不大同，他看见了他知道是有的花，有些英国多，中国少，有些中国多，有些分布区域不广，现存的已经不多了，很珍贵的，但这里人似乎并不大注意。……因为在异国说着本国的语言呢还是本来就惯常如此，他慢慢地说，攥着烧瓶颈子轻轻地转动，声调委婉而亲切，他不知道看到冯承植先生赞美过的鼠白草不？我看他，等有机会问他，可是老是错过，终于在他挑出一枝紫红长穗的时候，有人进门给他一封信，他得辞谢走了，我没有能问他拿进去的瓶里那种翠蓝色的小花是不是勿忘侬，他的手指在我的勿忘侬之间移动过多少次了！

我听说是，而且很自信地告诉过不少人了，昆明不论什么花差不多四季都开得，而这种花更是随处都见得到，只要是土较多，人较少的地方，野地里都是坟，坟头上特别多，我们逃警报的次数简直数不清了。昆明没有什么防空壕洞，在坟冢间挖了许多坑，我们又大都并不躲进坑里，离开了城走远些，找个地方躺躺坐坐而已，或者是这种花的颜色跟坟容易联想到一起去，我们越觉得坟的寂寞跟花的寂寞了，在记忆里于是也总是分不开，老那么坐着，躺着，蓝色的小花无聊地看在我们的眼里，从来也没有采一点带回去，花实在太小。把几个微擎着的花瓣一起展平了还不到一片榆钱大，又是在叶托间附枝而生，没有花蒂，畏缩地贴着，不敢出头一步，枝子则顽韧异常，满身老气，又是那么晦绿色毛茸茸的鄙贱小叶子，——主要还是花常稀疏零落，一枝上没有多少颜色，缺少光泽的、惨恻、伶仃的翠蓝的小点，在半闭的眼睫间一点点地向远处漂去，似乎微有摇漾，也许它自己也有点低回，也许动着的是别的草。可是直起身子来，伸一伸胳臂，活动活动腰腿，则一俯首间而所有的小花都微小微小，隐退隐退，要消失了，临了只剩下一点点一点点渺茫的蓝意，无形无质，不太可相信了，像什么呢？——真是一个记忆的起点，哦！……可是尽管这并不是真的勿忘侬花罢，（是一个误会，误会常常也很有意思，特别是推究怎么有这个误会，你的推究和你的发现都不会落空。）昆明那段逃警报的日子我们总记得。比起那些有趣的穿插，吸干了整个时间的那种倦怠，酥嫩，四肢无力，头昏昏的，近乎病态的无情状态尤其教我们往往心里发甜。我们从来没有那么休息过，那么完全地离开过自己的房屋和自己的形体，那么长久，那么没有止境地抛置在地上，呼吸着泥土，晒着太阳——究竟我们还算活着，像一块洋山芋似的活着。——太阳晒得我们一次次地蜕皮，常常晚上回来用冷水洗脸，一撕，一大片！……太平洋战事以后，城里不再有毁坏燃烧，走到浮没着蓝花的坟野里，我们认不出我们寄居过的洞穴了。那些驮马或疾或徐走着的小道令我们迷惘。我们再也不能在身上找出从前那么熟练地躺下坐匐的姿势了，我们焦渴的嘴唇，所喝的水，我们的最后一根香烟，荸荠，地瓜，豌豆粉，凉米线，流着体温的草，松叶的辛香，土黄色的蝴蝶。……

北平的天也这么蓝。我这个楼梯真是毫无道理，除了上楼下楼之外还有什么意义么，这么四长段，又折折曲曲？好容易我才渐渐能够适应，我的肌肉骨骼有这么一个习惯，承认它，不以为是额外的支付。——我去问一个学植物分类学的朋友，他说那种昆明人叫作狗屎花的蓝花——你猜怎么着，我并不讨厌这个名字。一个东西我们原可以当作两样看。地肥些花就长得茂盛。看见狗拉了屎，又看见了花，因而拉在了一起的，这个孩子（当然是个孩子）记出了他心里的一分惊喜。——其实并不是真正的勿忘侬，不过是有点像。有点像么？……那就好。我并不失望，我满足了，因为我可以有满足的等待。

一九四八年四月

注释

原载一九四八年五月三日天津《民国日报》。

关于葡萄

葡萄和爬山虎

一个学农业的同志告诉我：谷子是从狗尾巴草变来的，葡萄是从爬山虎变来的。我听了，觉得很有意思。谷子和狗尾巴草，葡萄和爬山虎，长得是很像。

另一个学农业的同志说：这没有科学根据，这是想象。

就算是想象吧，我还是觉得这想象得很有意思。我觉得不是没有这种可能。世界上的东西，总是由别的什么东西变来的。我们现在有了这么多品种的葡萄，有玫瑰香、马奶、金铃、秋紫、黑罕、白拿破仑、巴勒斯坦、虎眼、牛心、大粒白、柔丁香、白香蕉……颜色、形状、果粒大小、酸甜、香味，各不相同。它们是从来就有的么？不会的。最初一定只有一种果粒只有胡椒那样大，颜色半青半紫，味道酸涩的那么一种东西。是什么东西呢？大概就是爬山虎。

从狗尾巴草到谷子，从爬山虎到葡萄，是一个很漫长的过程。这种变化，是在人的参与之下完成的。人说：要大穗，要香甜多汁，于是谷子和葡萄就成了现在这样。

葡萄是人创造出来的。

葡萄的来历

至少玫瑰香不是张骞从西域带回来的。玫瑰香的家谱是可以查考的。它的故乡，是英国。

中国的葡萄是什么时候有的，从哪里来的，自来有不同的说法。

最流行的说法是：张骞从西域带回来的，在汉武帝的时候，即公元前一三〇年左右。《图经》："张骞使西域，得其种而还，种之，中国始有。"《齐民要术》："汉武帝使张骞至大宛，取葡萄实，如离宫别馆旁尽种之。"人们很愿意相信这种说法，因为可以发思古之幽情。"空见葡萄入汉家"，让人感到历史的寥廓。说张骞带回葡萄，是有根据的。现在还大量存在的夸耀汉朝的国力和武功的"葡萄海马镜"，可以证明。新疆不是现在还出很好的葡萄么？

但是是不是张骞之前，中国就没有葡萄？有人是怀疑过的。魏文帝曹丕《与吴监书》，是专谈葡萄的，他只说："中国珍果甚多，且复为说葡萄。"安邑是个出葡萄的地方。《安邑县志》载："《蒙泉杂言》、《酉阳杂俎》与《六帖》皆载：葡萄由张骞自大宛移植汉宫。按《本草》已具神农九种，当涂熄火，去骞未远；而魏文之诏，实称中国名果，不言西来。是唐以前无此论。”(《植物名实图考长编》引)《县志》的作者以为中国本来就有。他还以为中国本土的葡萄和张骞带回来的葡萄“别是一种”。

魏晋时葡萄还不多见，所以曹丕才专门写了一篇文章，庾信和尉瑾才对它“体”了半天“物”，一个说“有类软枣”，一个说“似生荔枝”。唐宋以后，就比较普遍，不是那样珍贵难得了。宋朝有一个和尚画家温日观就专门画葡萄。

张骞带回的葡萄是什么品种的呢？从“葡萄海马镜”上看不出。从拓片上看，只是黑的一串，果粒是圆的。

魏文帝吃的是什么葡萄？不知道。他只说是这种葡萄很好吃：“当其夏末涉秋，尚有余暑、醉酒宿醒，掩露而食，甘而不饴，脆而不酸，冷而不寒，味长汁多，除烦解倦”，没有说是什么颜色，什么形状，——他吃的葡萄是“脆”的，这是什么葡萄？……

温日观所画的葡萄，我所见到的都是淡墨的，没有着色。从墨色看，是深紫的。果粒都作正圆，有点像是秋紫或是金铃。

反正，张骞带回来的，曹丕吃的，温日观画的，都不是玫瑰香。

中国现在的葡萄以玫瑰香为大宗。以玫瑰香为其大宗的现在的中国葡萄是从山东传开来的。其时最早不超过明代。

山东的葡萄是外国的传教士带进来的。

他们最先带来的是葡萄酒。——这种葡萄酒是洋酒，和“葡萄美酒夜光杯”的葡萄酒是两码事。这是传教必不可少的东西。在做礼拜领圣餐的时候，都要让信徒们喝一口葡萄酒，这是耶稣的血。传教士们漂洋过海地到中国来，船上总要带着一桶一桶的葡萄酒。

从本国带酒来很不方便，于是有的教士就想起带了葡萄苗来，到中国来种。收了葡萄，就地酿酒。

他们把葡萄种在教堂墙内的花园里。

中国的农民留神看他们种葡萄。哦，是这样的！这个农民撅了几根葡萄藤，插在土里。葡萄出芽了，长大了，结了很多葡萄。

这就传开了。

现在，中国到处都是玫瑰香。

这故事是一个种葡萄的果农告诉我的。他说：中国的农民是很能干的。什么事都瞒不过中国人。中国人一看就会。

葡萄月令

一月，下大雪。

雪静静地下着。果园一片白。听不到一点声音。

葡萄睡在铺着白雪的窖里。

二月里刮春风。

立春后，要刮四十八天“摆条风”。风摆动树的枝条，树醒了，忙忙地把汁液送到全身。树枝软了。树绿了。

雪化了，土地是黑的。

黑色的土地里，长出了茵陈蒿。碧绿。

葡萄出窖。

把葡萄窖一锹一锹挖开。挖下的土，堆在四面。葡萄藤露出来了，乌黑的。有的梢头已经绽开了芽苞，吐出指甲大的苍白的小叶。它已经等不及了。

把葡萄藤拉出来，放在松松的湿土上。

不大一会儿，小叶就变了颜色，叶边发红；——又不大一会儿，绿了。

三月，葡萄上架。

先得备料。把立柱、横梁、小棍，槐木的、柳木的、杨木的、桦木的，按照树棵大小，分别堆放在旁边。立柱有汤碗口粗的、饭碗口粗的、茶杯口粗的。一棵大葡萄得用八根、十根，乃至十二根立柱。中等的，六根、四根。

先刨坑，竖柱。然后搭横梁，用粗铁丝摽紧。然后搭小棍，用细铁丝缚住。

然后，请葡萄上架。把在土里趴了一冬的老藤扛起来，得费一点劲。大的，得四五个人一起来。“起！——起！”哎，它起来了。把它放在葡萄架上，把枝条向三面伸开，像五个指头一样地伸开，扇面似的伸开。然后，用麻筋在小棍上固定住。葡萄藤舒舒展展、凉凉快快地在上面待着。

上了架，就施肥。在葡萄根的后面，距主干一尺，挖一道半月形的沟，把大粪倒在里面。葡萄上大粪，不用稀释，就这样把原汁大粪倒下去。大棵的，得三四桶。小葡萄，一桶也就够了。

四月，浇水。

挖窖挖出的土，堆在四面，筑成垄，就成一个池子。池里放满了水。葡萄园里水气泱泱，沁人心肺。

葡萄喝起水来是惊人的。它真是在喝哎！葡萄藤的组织跟别的果树不一样，它里面是一根一根细小的导管。这一点，中国的古人早就发现了。《图经》云:“根苗中空相通。圃人将货之,欲得厚利,暮溉其根,而晨朝水浸子中矣,故俗呼其苗为木通。”“暮溉其根,而晨朝水浸子中矣”,是不对的。葡萄成熟了,就不能再浇水了。再浇,果粒就会涨破。“中空相通”却是很准确的。浇了水,不大一会儿,它就从根直吸到梢,简直是小孩嘬奶似的拼命往上嘬。浇过了水,你再回来看看吧:梢头切断过的破口,就嗒嗒地往下滴水了。

是一种什么力量使葡萄拼命地往上吸水呢?

施了肥,浇了水,葡萄就使劲抽条,长叶子。真快!原来是几根根枯藤,几天工夫,就变成青枝绿叶的一大片。

五月,浇水,喷药,打梢,掐须。

葡萄一年不知道要喝多少水,别的果树都不这样。别的果树都是刨一个“树碗”,往里浇几担水就得了,没有像它这样的“漫灌”,整池子地喝。

喷波尔多液。从抽条长叶,一直到坐果成熟,不知道要喷多少次。喷了波尔多液,太阳一晒,葡萄叶子就都变成蓝的了。

葡萄抽条,丝毫不知节制,它简直是瞎长!几天工夫,就抽出好长的一截的新条。这样长法还行呀,还结不结果呀?因此,过几天就得给它打一次条。葡萄打条,也用不着什么技巧,是个人就能干,拿起树剪,噼噼啪啪,把新抽出来的一截都给它铰了就得了。一铰,一地的长着新叶的条。

葡萄的卷须,在它还是野生的时候是有用的,好攀附在别的什么树木上。现在,已经有人给它好好地固定在架上了,就一点用也没有了。卷须这东西最耗养分,——凡是作物,都是优先把养分输送到顶端，因此，长出来就给它掐了，长出来就给它掐了。

葡萄的卷须有一点淡淡的甜味。这东西如果腌成咸菜，大概不难吃。

五月中下旬，果树开花了。果园，美极了。梨树开花了，苹果树开花了，葡萄也开花了。

都说梨花像雪，其实苹果花才像雪。雪是厚重的，不是透明的。梨花像什么呢？——梨花的瓣子是月亮做的。

有人说葡萄不开花，哪能呢！只是葡萄花很小，颜色淡黄微绿，不钻进葡萄架是看不出的。而且它开花期很短。很快，就结出了绿豆大的葡萄粒。

六月，浇水，喷药，打条，掐须。

葡萄粒长了一点了，一颗一颗，像绿玻璃料做的纽子。硬的。

葡萄不招虫。葡萄会生病，所以要经常喷波尔多液。但是它不像桃，桃有桃食心虫；梨，梨有梨食心虫。葡萄不用疏虫果。——果园每年疏虫果是要费很多工的。虫果没有用，黑黑的一个半干的球，可是它耗养分呀！所以，要把它“疏”掉。

七月，葡萄“膨大”了。

掐须，打条，喷药，大大地浇一次水。

追一次肥。追硫铵。在原来施粪肥的沟里撒上硫铵。然后，就把沟填平了，把硫铵封在里面。

汉朝是不会追这次肥的，汉朝没有硫铵。

八月，葡萄“着色”。

你别以为我这里是把画家的术语借用来了。不是的。这是果农的语言，他们就叫“着色”。

下过大雨，你来看看葡萄园吧，那叫好看！白的像白玛瑙，红的像红宝石，紫的像紫水晶，黑的像黑玉。一串一串，饱满、瓷棒、挺括，璀璨琳琅。你就把《说文解字》里的玉字偏旁的字都搬了来吧，那也不够用呀！

可是你得快来！明天，对不起，你全看不到了。我们要喷波尔多液了。一喷波尔多液，它们的晶莹鲜艳全都没有了，它们蒙上一层蓝兮兮、白乎乎的东西，成了磨砂玻璃。我们不得不这样干。葡萄是吃的，不是看的。我们得保护它。

过不两天，就下葡萄了。

一串一串剪下来，把病果、瘪果去掉，妥妥地放在果筐里。果筐满了，盖上盖，要一个棒小伙子跳上去蹦两下，用麻筋缝的筐盖。——新下的果子，不怕压，它很结实，压不坏。倒怕是装不紧，咣里咣当的。那，来回一晃悠，全得烂！

葡萄装上车，走了。

去吧，葡萄，让人们吃去吧！

九月的果园像一个生过孩子的少妇，宁静、幸福而慵懒。

我们还要给葡萄喷一次波尔多液。哦，下了果子，就不管了？人，总不能这样无情无义吧。

十月，我们有别的农活。我们要去割稻子。葡萄，你愿意怎么长，就怎么长着吧。

十一月，葡萄下架。

把葡萄架拆下来。检查一下，还能再用的，搁在一边。糟朽了的，只好烧火。立柱、横梁、小棍，分别堆垛起来。

剪葡萄条。干脆得很，除了老条，一概剪光。葡萄又成了一个大秃子。

剪下的葡萄条，挑有三个芽眼的，剪成二尺多长的一截，捆起来，放在屋里，准备明春插条。

其余的，连枝带叶，都用竹筲帚扫成一堆，装走了。

葡萄园光秃秃。

十一月下旬，十二月上旬，葡萄入窖。

这是个重活。把老本放倒，挖土把它埋起来。要埋得很厚实。外面要用铁锹拍平。这个活不能马虎。都要经过验收，才给记工。

葡萄窖，一个一个长方形的土墩墩。一行一行，整整齐齐地排列着。风一吹，土色发了白。

这真是一年的冬景了。热热闹闹的果园，现在什么颜色都没有了。眼界空阔，一览无余，只剩下发白的黄土。

下雪了。我们踏着碎玻璃碴似的雪，检查葡萄窖，扛着铁锹。

一到冬天，要检查几次。不是怕别的，怕老鼠打了洞。葡萄窖里很暖和，老鼠爱往这里面钻。它倒是暖和了，咱们的葡萄可就受了冷啦！

注释

原载《安徽文学》一九八一年第十二期。

昆明的雨

宁坤要我给他画一张画，要有昆明的特点。我想了一些时候，画了一幅：右上角画了一片倒挂着的浓绿的仙人掌，末端开出一朵金黄色的花；左下画了几朵青头菌和牛肝菌。题了这样几行字：

> 昆明人家常于门头挂仙人掌一片以辟邪，仙人掌悬空倒挂，尚能存活开花。于此可见仙人掌生命之顽强，亦可见昆明雨季空气之湿润。雨季则有青头菌、牛肝菌，味极鲜腴。

我想念昆明的雨。

我以前不知道有所谓雨季。“雨季”，是到昆明以后才有了具体感受的。

我不记得昆明的雨季有多长，从几月到几月，好像是相当长的，但是并不使人厌烦。因为是下下停停、停停下下，不是连绵不断，下起来没完，而且并不使人气闷。我觉得昆明雨季气压不低，人很舒服。

昆明的雨季是明亮的，丰满的，使人动情的。城春草木深，孟夏草木长。昆明的雨季，是浓绿的。草木的枝叶里的水分都到了饱和状态，显示出过分的、近于夸张的旺盛。

我的那张画是写实的。我确实亲眼看见过倒挂着还能开花的仙人掌。旧日昆明人家门头上用以辟邪的多是这样一些东西：一面小镜子，周围画着八卦，下面便是一片仙人掌，——在仙人掌上扎一个洞，用麻线穿了，挂在钉子上。昆明仙人掌多，且极肥大。有些人家在菜园的周围种了一圈仙人掌以代替篱笆。——种了仙人掌，猪羊便不敢进园吃菜了。仙人掌有刺，猪和羊怕扎。

昆明菌子极多。雨季逛菜市场，随时可以看到各种菌子。最多也最便宜的是牛肝菌。牛肝菌下来的时候，家家饭馆卖炒牛肝菌，连西南联大食堂的桌子上都可以有一碗。牛肝菌色如牛肝，滑，嫩，鲜，香，很好吃。炒牛肝菌须多放蒜，否则容易使人晕倒。青头菌比牛肝菌略贵。这种菌子炒熟了也还是浅绿色的，格调比牛肝菌高。菌中之王是鸡㙡，味道鲜浓，无可方比。鸡㙡是名贵的山珍，但并不真的贵得惊人。一盘红烧鸡㙡的价钱和一碗黄焖鸡不相上下，因为这东西在云南并不难得。有一个笑话：有人从昆明坐火车到呈贡，在车上看到地上有一棵鸡㙡，他跳下去把鸡㙡捡了，紧赶两步，还能爬上火车。这笑话用意在说明昆明到呈贡的火车之慢，但也说明鸡㙡随处可见。有一种菌子，中吃不中看，叫作干巴菌。乍一看那样子，真叫人怀疑：这种东西也能吃？！颜色深褐带绿，有点像一堆半干的牛粪或一个被踩破了的马蜂窝。里头还有许多草茎、松毛，乱七八糟！可是下点功夫，把草茎、松毛择净，撕成蟹腿肉粗细的丝，和青辣椒同炒，入口便会使你张目结舌：这东西这么好吃？！还有一种菌子，中看不中吃，叫鸡油菌。都是一般大小，有一块银圆那样大，滴溜儿圆，颜色浅黄，恰似鸡油一样。这种菌子只能做菜时配色用，没甚味道。

雨季的果子，是杨梅。卖杨梅的都是苗族女孩子，戴一顶小花帽子，穿着扳尖的绣了满帮花的鞋，坐在人家阶石的一角，不时吆喝一声："卖杨梅——"声音娇娇的。她们的声音使得昆明雨季的空气更加柔和了。昆明的杨梅很大，有一个乒乓球那样大，颜色黑红黑红的，叫作"火炭梅"。这个名字起得真好，真是像一球烧得炽红的火炭！一点都不酸！我吃过苏州洞庭山的杨梅、

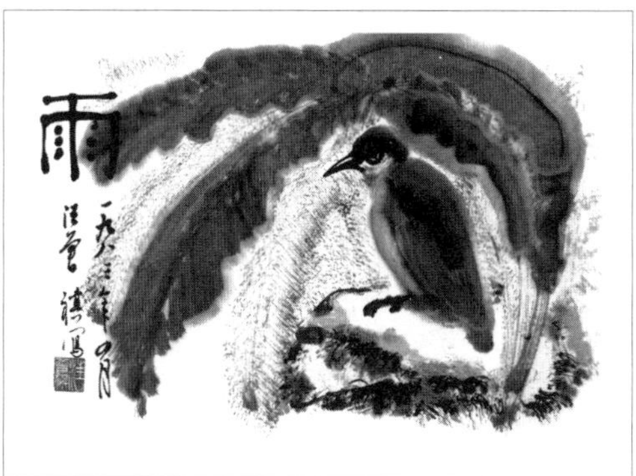

雨
一九八三年四月　汪曾祺写

井冈山的杨梅，好像都比不上昆明的火炭梅。

雨季的花是缅桂花。缅桂花即白兰花，北京叫作“把儿兰”（这个名字真不好听）。云南把这种花叫作缅桂花，可能最初这种花是从缅甸传入的，而花的香味又有点像桂花，其实这跟桂花实在没有什么关系。——不过话又说回来，别处叫它白兰、把儿兰，它和兰花也挨不上呀，也不过是因为它很香，香得像兰花。我在家乡看到的白兰多是一人高，昆明的缅桂是大树！我在若园巷二号住过，院里有一棵大缅桂，密密的叶子，把四周房间都映绿了。缅桂盛开的时候，房东（是一个五十多岁的寡妇）就和她的一个养女，搭了梯子上去摘，每天要摘下来好些，拿到花市上去卖。她大概是怕房客们乱摘她的花，时常给各家送去一些。有时送来一个七寸盘子，里面摆得满满的缅桂花！带着雨珠的缅桂花使我的心软软的，不是怀人，不是思乡。

雨，有时是会引起人一点淡淡的乡愁的。李商隐的《夜雨寄北》是为许多久客的游子而写的。我有一天在积雨稍住的早晨和德熙从联大新校舍到莲花池去。看了池里的满池清水，看了着比丘尼装的陈圆圆的石像（传说陈圆圆随吴三桂到云南后出家，暮年投莲花池而死），雨又下起来了。莲花池边有一条小街，有一个小酒店，我们走进去，要了一碟猪头肉，半市斤酒（装在上了绿釉的土瓷杯里），坐了下来。雨下大了。酒店有几只鸡，都把脑袋反插在翅膀下面，一只脚着地，一动也不动地在檐下站着。酒店院子里有一架大木香花。昆明木香花很多。有的小河沿岸都是木香。但是这样大的木香却不多见。一棵木香，爬在架上，把院子遮得严严的。密匝匝的细碎的绿叶，数不清的半开的白花和饱胀的花骨朵，都被雨水淋得湿透了。我们走不了，就这样一直坐到午后。四十年后，我还忘不了那天的情味，写了一首诗：

莲花池外少行人，
野店苔痕一寸深。
浊酒一杯天过午，
木香花湿雨沉沉。

我想念昆明的雨。

一九八四年五月十九日

注释

原载《滇池》一九八四年第十期。

昆明的果品

梨

我们刚到昆明的时候，满街都是宝珠梨。宝珠梨形正圆，——“宝珠”大概即由此得名，皮色深绿，肉细嫩无渣，味甜而多汁，是梨中的上品。我吃过河北的鸭梨、山东的莱阳梨、烟台的茄梨……宝珠梨的味道和这些梨都不相似。宝珠梨有宝珠梨的特点。只是因为出在云南，不易远运，外省人知道的不多，名不甚著。

昆明卖梨的办法颇为新鲜，论“十”，不论斤，“几文一十”，一次要买就是十个；三个、五个，不卖。据说这是因为卖梨的不会算账，零买，他不知道要多少钱。恐怕也不见得，这只是一种古朴的习惯而已。宝珠梨大小都差不多，很“匀溜”，没有太大和很小的，论十要价，倒也公道。我们那时的胃口也很惊人，一次吃下十只梨不算一回事。现在这种“论十”的办法大概已经改变了，想来已经都用磅秤约斤了。

还有一种梨叫“火把梨”，即北方的红绡梨，所以名为火把，是因为皮色黄里带红，有的竟是通红的。这种梨如果挂在树上，太阳一照，就更像是一个一个点着了的小火把了。火把梨味道远不如宝珠梨，——酸！但是如果走长路，带几个在身上，到中途休憩时，嚼上两个，是很能“杀渴”的。

我曾和几个朋友骑马到金殿。下马后，买了十个火把梨，赶马的（昆明租马，马的主人大都要随在马后奔跑）也买了十个。我们买梨是自己吃，赶马的却是给马吃。他把梨托在手里，马就掀动嘴唇，把梨咬破，咯吱咯吱嚼起来。看它一边吃，一边摇脑袋，似乎觉得梨很好吃。我从来没见过马吃梨。看见过马吃梨的人大概不多。吃过梨的马大概也不多。

石　榴

河南石榴，名满天下。“白马甜榴，一实值牛”，北魏以来，即有口碑。我在北京吃过河南石榴，觉得盛名之下，其实难副。粒小、色淡、味薄，比起昆明的宜良石榴差得远了。宜良石榴都很大，个个开裂，颗粒甚大，色如红宝石，——有一种名贵的红宝石即名为“石榴米”，味道很甜。苏东坡曾谓读贾岛诗如食小鱼，“所得不偿劳”，我小时吃石榴，觉得吃得一嘴籽儿，而吮不出多少味道，真是“所得不偿劳”。在昆明吃宜良石榴却无此感，觉得很满足，很值得。

昆明有石榴酒，乃以石榴米于白酒中泡成，酒色透明，略带浅红，稍有甜味，仍极香烈。

不知道为什么，昆明人把宜良叫成米良。

桃

昆明桃大体为离核和面核两种。桃甚大，一个即可吃饱。我曾在暑假中，在桃子下来的时候，买一个很大的离核黄桃当早点。一掰两半，紫核黄肉，香甜满口，至今难忘。

杨　梅

昆明杨梅名火炭梅，极大极甜，颜色黑紫，正如炽炭。卖杨梅的苗族女孩常用鲜绿的树叶衬着，炎炎熠熠，数十步外，慑人眼目。

木　瓜

此所谓木瓜非华南的番木瓜。

《辞海》:“木瓜，植物名。……亦称‘榠楂’。蔷薇科。落叶灌木或小乔木。树皮常作片状剥落，痕迹鲜明。叶椭圆状卵形，有锯齿，嫩叶背面被绒毛。春末夏初开花，花淡红色。果实秋季成熟，长椭圆形，长十至十五厘米，淡黄色，味酸涩，有香

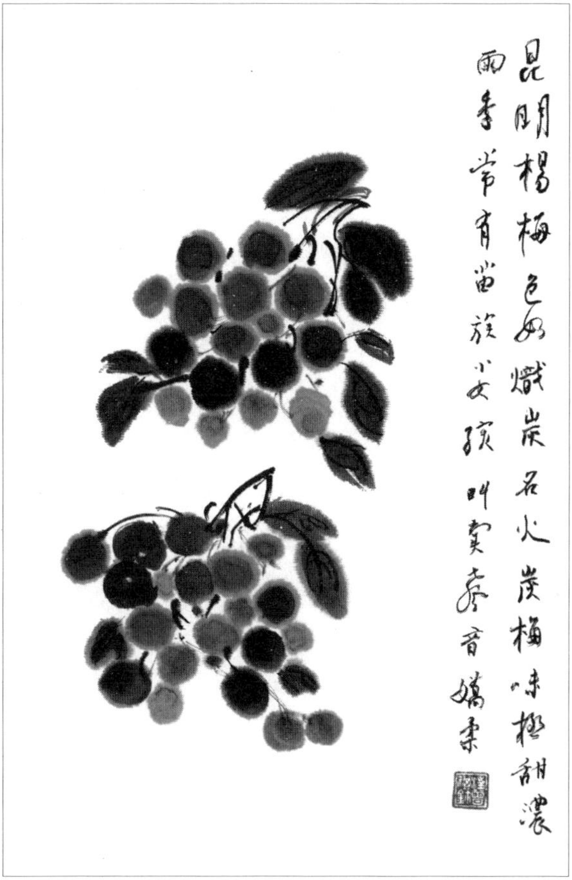

昆明杨梅色如炽炭，名火炭梅，味极甜浓。雨季常有苗族小女孩叫卖，声音娇柔。

气。……”

木瓜我是很熟悉的，我的家乡有。每当炎暑才退，菊绽蟹肥之际，即有木瓜上市。但是在我的家乡，木瓜只是用来闻香的。或放在瓷盘里，作为书斋清供；或取其体小形正者于手中把玩，没有吃的。且不论其味酸涩，就是那皮肉也是硬得咬不动的。至于木瓜可以入药，那我是知道的。

我到昆明，才第一次知道木瓜可以吃。昆明人把木瓜切成薄片，浸泡在水里（水里不知加了什么东西），用一个桶形的玻璃罐子装着，于水果店的柜台上出卖。我吃过，微酸，不涩，香脆爽口，别有风味。

中国古代大概是吃木瓜的。唐以前我不知道。宋代人肯定是吃的。《东京梦华录·是月巷陌杂卖》有“药木瓜、水木瓜”。《梦粱录·果之品》：“木瓜，青色而小，土人翦片爆熟，入香药货之；或糖煎，名爊木瓜。”《武林旧事·果子》有“爊木瓜”，《凉水》有“木瓜汁”。看来昆明市上所卖的木瓜当是“水木瓜”。浸泡木瓜的水即当是“木瓜汁”。至于“爊木瓜”则我于昆明尚未见过，这大概是以药物炮制，如广东的陈皮梅、泉州的霉姜一类的东西，木瓜的本味已经保存不多了。

我觉得昆明吃木瓜的方法可以在全国推广。吃木瓜，从某种意义上，也可以说是我们国家的一项文化遗产。

地　瓜

地瓜不是水果，但对吃不起水果的穷大学生来说，它也就算是水果了。

地瓜，湖南、四川叫作凉薯或良薯。它的好处是可以不用刀削皮，用手指即可沿藤茎把皮撕净，露出雪白的薯肉。甜，多水。可以解渴，也可充饥。这东西有一股土腥气。但是如果没有这点土腥气，地瓜也就不成其为地瓜了，它就会是另外一种什么东西了。正是这点土腥气让我想起地瓜，想起昆明，想起我们那一段穷日子，非常快乐的穷日子。

胡萝卜

联大的女同学吃胡萝卜成风。这是因为女同学也穷，而且馋。昆明的胡萝卜也很好吃。昆明的胡萝卜是浅黄色的，长至一尺以上，脆嫩多汁而有甜味，胡萝卜味儿也不是很重。胡萝卜有胡萝卜素，含维生素 C，对身体有益，这是大家都知道的。不知道是谁提出，胡萝卜还含有微量的砒，吃了可以驻颜。这一来，女同学吃胡萝卜的就更多了。她们常常一把一把地买来吃。一把有十多根。她们一边谈着克列斯丁娜·罗赛蒂的诗、布朗底的小说，一边咯吱咯吱地咬胡萝卜。

核桃糖

昆明的核桃糖是软的，不像稻香村卖的核桃粘或椒盐核桃。把蔗糖熬化，倾在瓷盆里，和核桃肉搅匀，反扣在木板上，就成了。卖的时候用刀沿边切块卖，就跟北京卖切糕似的。昆明核桃糖极便宜，便宜到令人不敢相信。华山南路口，青莲街拐角，直对逼死坡，有一家高台阶门脸，卖核桃糖。我们常常从市里回联大，路过这一家，花极少的钱买一大块，边吃边走，一直走进翠湖，才能吃完。然后在湖水里洗洗手，到茶馆里喝茶。核桃在有些地方是贵重的山果，在昆明不算什么。

糖炒栗子

昆明的糖炒栗子，天下第一。第一，栗子都很大。第二，炒得很透，颗颗裂开，轻轻一捏，外壳即破，栗肉迸出，无一颗“护皮”。第三，真是“糖炒栗子”，一边炒，一边往锅里倒糖水，甜味透心。在昆明吃炒栗子，吃完了非洗手不可，——指头上粘得都是糖。

呈贡火车站附近，有一大片栗树林，方圆数里。树皆合抱，枝叶浓密，树上无虫蚁，树下无杂草，干净之极，我曾几次骑马过栗树林，如入画境。

注释

原载《滇池》一九八五年第四期。

昆明的花

茶　花

张岱的文章里不止一次提到“滇茶一本”，云南茶花驰名久矣。茶花曾被选为云南省花。曾见过一本《云南茶花》照相画册，印制得很精美，大概就是那一年编印的。茶花品种很多，颜色、花形各异。滇茶为全国第一，在全世界也是有数的。这大概是因为云南的气候土壤都于茶花特别相宜。

西山某寺（偶忘寺名）有一棵很大的红茶花。一棵茶花，占了大雄宝殿前的院子的一多半，——寺庙的庭院都是很大的。花开时，至少有上百朵，花皆如汤碗口大。碧绿

玉茗堂前朝复暮，伤心谁续牡丹亭。
一九八四年五月五日　曾祺

的厚叶子，通红的花头，使人不暇仔细观赏，只觉得烈烈轰轰的一大片，真是壮观。寺里的和尚怕树身负担不了那么多花头的重量，用杉木搭了很大的架子，支撑着四面的枝条。我一生没有看见过这样高大的茶花。

茶花的花期很长。我似乎没有见过一朵凋败在树上的茶花。这也是茶花的可贵处。

汤显祖把他的居室名为“玉茗堂”。俞平伯先生在一篇文章里说，玉茗是一种名贵的白茶花。我在《云南茶花》那本画册里好像没有发现“玉茗”这一名称。不过我相信云南是一定有玉茗的，也许叫作什么别的名字。

樱　花

春雨既足，风和日暖，圆通公园樱花盛开。花开时，游人很多，蜜蜂也很多。圆通公园多假山，樱花就开在假山的上上下下。樱花无姿态，花形也平常，不耐细看，但是当得一个“盛”字。那么多的花，如同明霞绛雪，真是热闹！身在耀眼的花光之中，满耳是嗡嗡的蜜蜂声音，使人觉得有点晕晕乎乎的。此时人与樱花已经融为一体。风和日暖，人在花中，不辨为人为花。

兰　花

曾到一位绅士家做客，——他的女儿是我们的同学。这位绅士曾经当过一任教育总长，多年闲居在家，每天除了看看报纸，研究在很远的地方进行的战争，谈谈中国的线装书和法国小说，剩下的嗜好是种兰花。他的客厅里摆着几十盆兰花。这间屋子仿佛已为兰花的香气所窨透，纱窗竹帘，无不带有淡淡的清香。屋里屋外都静极了。坐在这间客厅里，用细瓷盖碗喝着“滇绿”，看看披拂的兰叶，清秀素雅的兰花箭子，闻嗅着兰花的香气，真不知身在何世。

我的一位老师曾在呈贡桃园住过几年，他的房东也是爱种兰花的。隔了差不多四十年，这位先生还健在，已经是一位老者了。经过“文化大革命”，他的兰花居然能保存了下来。他的女儿要到北京来玩，劝说她父亲也到北京走走。老人不同意，他说：“我的这些兰花咋个整？”

缅 桂 花

昆明缅桂花多，树大，叶茂，花繁。每到雨季，一城都是缅桂花的浓香，我已于《昆明的雨》中说及，不复赘。

粉 团 花

粉团花即绣球。昆明人谓之“粉团”，亦有理致。

云南民歌：“阿妹好像粉团花”，用绣球花来比拟少女，别处的民歌里好像还未见过。于此可见云南绣球甚多，遍布城乡，所以歌手们能近取譬。

康乃馨·菖兰·夜来香

康乃馨昆明人谓之洋牡丹，菖兰即剑兰，夜来香在有的地方叫作晚香玉。这都是插瓶的花。康乃馨有红的、粉的、白的。菖兰的颜色更多，粉色的，白色的，黄色的，紫得发黑的。夜来香洁白如玉。昆明近日楼有一个很大的花市，卖花的把水灵灵的鲜花摊在一片芭蕉叶上卖。鲜花皆烂贱。买一大把鲜花和称二斤青菜的价钱差不多。

美人蕉和波斯菊

波斯菊叶子极细碎轻柔，花粉紫色，单瓣，瓣极薄。微风吹拂，花叶动摇，如梦如烟。

我原以为波斯菊只有南方有，后来在张家口坝上沽源县的街头也看见了这种花，只是塞北少雨水，花开得不如昆明滋润。在沽源看见波斯菊使我非常惊喜，因为它使我一下子想起了昆明。

波斯菊真是从波斯传来的么？那么你是一位远客了。

昆明的美人蕉皆极壮大，花也大，浓红如鲜血。红花绿叶，对比鲜明。我曾到郊区一中学去看一个朋友，未遇。学校已经放了暑假，一个人没有，安安静静的，校园的花圃里一大片美人蕉赫然地开着鲜红鲜红的大花。我感到一种特殊的、颜色强烈的寂寞。

叶 子 花

叶子花别处好像是叫作三角梅，昆明人就老是不客气地叫它叶子花，因为它的花瓣和叶子完全一样，只是长条的顶端的十几撮花的颜色是紫红的，而下边的叶子是深绿的。青莲街拐角有一家很大的公馆，围墙的墙头上种的都是叶子花。墙头上种花，少有。

报 春 花

我想查一查报春花的资料。家里只有一本《辞海》。我相信《辞海》里是不会收这一条的。报春花不是名花。但我还是抱着姑且查查看的心情翻开了《辞海》，不料竟有！

> 报春花……一年生草本。叶基生，长卵形，顶端圆钝，基部楔形或心形，边缘有不整齐缺裂，缺裂具细锯齿，上面被纤毛，下面有白粉或疏毛。秋季开花，花高脚碟状，红色或淡紫色，伞形花序二到四轮，蒴果球形。多生于荒野、田边。原产我国云南、贵州。各地栽培，供观赏。

不错，不错！就是它，就是它！难得是它把报春花描写得这样仔细。尤其使我欢喜的，是它告诉我云南是报春花的老家。

我在北京的一家花店里重遇报春花，栽在花盆里，标价一元一盆。我不禁冷笑了：这种东西也卖钱！我们在昆明市，到田边散步，一扯就是一大把！

一九八五年六月九日

注释

原载《滇池》一九八六年第三期。

蝴蝶
——日记抄

听斯本德聊他怎么写出一首诗，随着他的迷人的声调，有时凝集，有时飘逸开去；他既已使我新鲜活动起来，我就不能老是栖息在这儿；而到

“蝴蝶在波浪上面飘荡，把波浪当作田野，在那粉白色的景色中搜索着花朵。”

从他的字的解散，回头，对于自己陈义的抚摸，水到渠成的快感，从他的稍稍平缓的呼吸之中，我知道前头是一个停顿，他已经看到这一段的最后一句像看到一棵大树，他准备到树下休息，我就不等他按住话头，飞到另一片天地中去了。少陪了，去计划怎么继往开来吧，我知道你已经成竹在胸，很

有把握，我要一个人玩一会儿去。我来不及听他嘱咐些什么，已经为故地的气息所陶融。

蝴蝶，蝴蝶在茼蒿花田上飞，茼蒿花灿烂的金色。茼蒿花的金色，风吹茼蒿花。风搂抱花，温柔地摸着花，狂泼地穿透到花里面，脸贴着它的脸，在花的发里埋它的头，沉醉地阖起它的太不疲倦的眼睛。茼蒿花，烁动，旺炽，丰满，恣酣，殢弹。狂欢的潮水！——密密层层，那么一大片的花，稠浓的泡沫，豪侈的肉感的海。茼蒿花的香味极其猛壮，又夹着药气，是迫人的。我们深深地饮喝那种气味，吞吐含漱，如鱼在水。而茼蒿花上是千千万万的白蝴蝶，到处都是蝴蝶，缤纷错乱，东西南北，上上下下，满头满脸。——置身于茼蒿花蝴蝶之间，为金黄、香气、粉翅所淹没，“蜜钱”我们的年龄去！成熟的春天多么的迷人。

我想也想不起这块地方在我的故乡，在我读过的初级中学的哪一边，从教室到那里是怎么走的呢？我常常因为一点触动，一点波漾而想起这块地，从来没有想出究竟在哪里，我相信永远想不出了。我们剪留下若干生活（的场景，或生活本身，）而它的方位消失了。这是自然的还是可惋惜的？且不管它，我曾经在那些蝴蝶茼蒿花之间生存过，这将是没齿不忘的事。任何一次的酒，爱，音乐，也比不上那样的经验。

那个时候我们为什么要疯狂地捕捉那些蝴蝶？把蝴蝶夹死在书里（压扁了肚子）实在是不愉快的事情，现在想起来还有点恶心。为什么呢？我们并不太喜欢死蝴蝶的样子；（不飞了，）上课时翻出一个来看看不过是因为究竟比我们的教科书和教员的脸总还好玩些，却也不是真有兴趣，至少这不足以鼓励我们去捕捉杀害。我们那么热心地干这个，（一下子工夫可以三五十个，把一本书每一页都夹一个毫不费力！）完全是发泄我们初生的爱。就是我们那些女同学，那些小姐，她们的身体、姿态、脚步、笑声给我们一种奇异的刺激，刺激我们做许多没有理由的事情。这么多的花蝴蝶，蓝天、白云、太阳、风，又挑拨我们。我们一身蓄聚蛮野的冲动，随时就会干点傻事出来。捕捉蝴蝶，这跟连衣服跳到水里去，爬到蓝楼房顶上，用力踞一只大狗，光声怪叫，奇异服装，完全出于一源。不过花跟蝴蝶似乎最能疏导宣发，是一种最直接、最尽致、最完备遍到的方式。我们简直可以把那些蝴蝶一把一把地纳到嘴里，嚼得稀烂，咕嘟一声咽下去的！（并不需她们任何一个在旁边看见或知道。）都是些小疯子，那个时候我们大概是十三四、十四五岁。

这一下可飘得远了。斯本德刚才说什么来的？让我想想看。我重新把那篇《一首诗的创造》摊开，俯伏到上面去。稍微有点不顺帖，但不一会儿我就跟上他了。

八月十四日

注释

原载一九四七年八月二十四日《经世日报》。

昆明的叫卖缘起

尝读《一岁货声》而爱之。我们的国民之中竟有人认真其事地感情地留心叫卖的声音而用不大灵便的、有限制的工具——仅用文字，——传状得那么好，那么有声有色：从字的排列自然产生起落抑扬，游转摇曳，拖长与顿逗，因而想见种种风尘辛苦和透露出来的聪明黠巧，爱美及一个尚能维持的生命在游戏中表现的欢愉，濒于饥寒代替哭泣的歌呼，那么准确，那么朴素无华而那么点动无尽的思念存惜，感怀触怅，怎么可以不涌出谢意呢。小时候我们多半都爱模仿某一种或几种叫卖。我们在折纸船纸鸟的时候，在下河游了一会儿起来穿衣服的时候，在挨了骂的伤心气愤消去之后，在无所事事，无聊与兴致勃勃的时候，要是没有一两句新熟或者重温的歌占据我们的喉舌，我们常常自得其乐地哼哼起卖糖卖萝卜的调子来了。有一回从昆明坐了火车到呈贡去看一个先生，一进门，刚坐定，先生问我话，我没听进去，到发现了自己的失态，才赶紧用力追捕那些漂失的字音。我的心在他的孩子身上了，他们学火车站卖面包鸡蛋糕的学得那么神似，那么快乐。从活动里生出的声音在寂静里听起来每多感动，然而我们的市声中要是除去了吆喝还剩下多少颜色呢？那么恐怕对于货卖的腔调的喜爱许是天性，不必是始于读了《一岁货声》之后了。但对于货声的兴趣更浓一点，懒惰笨拙如旧，懒惰笨拙但不能忘情，有时颇起记述昆明的几种声音的妄想，当是读了《货声》之所赐。我要是不是我，我完全的是我，这个工作也许在昆明的时候就做好了。离开昆明之后，我对于香港的太急躁刺激、近乎恐吓劫持的叫卖发过埋怨，他们大都是冒冒失失、不加修饰地报出货品名称，接着狂吼一毫子两毫子，几门几十门，用起毛发裂的声音无情地鞭打过路的人。上海的叫卖我学到的不多，有些太逶迤婀娜，男人作女人腔；有些又重浊中杂着不自然的油滑；毛里毛气，洋里洋气，恐怕大都是从苏州的、宁波的、无锡或杭州的腔调脱胎嬗化且简漏堕落而成的，真是本乡本土的本色的极少。叫卖在上海实在可怜极了，在汽车、电车、三轮车、八灯收音机和五光十色的霓虹灯的喧闹中，冲撞挤压得没有余地了。只有清晨倒马桶的，深夜卖白糖莲心粥的，还能惊心动魄地、凄楚悲凉地叫。秋冬之际卖炒白果，是比较头脑清醒的时候，西风北风吹落法国梧桐，可得的温暖显得那么可爱的时候，然而里巷之间动情地听着卖白果的念叨的孩子已经渐渐地更少了。

“阿要吃糖炒熟白果。

香是香来糯是糯。

一粒白果鹅蛋大。”

底下没来由地接了一句：

“要吃白果！钱拿出来！”

甚至有的更糟：

“要吃白果！钞票拿出来！”

这实在太不客气，太不讲交情了。上海人总是那么实际又那么爱时髦。钱就是了，何必一定要指明现在通行的货币。既已知道要想从你手里得到碧绿如玉、娇黄微软、香是香来糯是糯的白果一定是摸过自己的口袋而走上来的，料想掏出来的还会是一把青铜钱么？为了达到目的，连最后一句的韵脚都不顾了么？你们叫着时不觉得别扭么？即使押韵稳当，话也说得更和气有礼，大概这一类的叫卖不久也就会失传了罢，上海大概从来没有游客对它的叫卖存过希望。北平是以货声出名的地方了，许多吆喝声我们在没有身历其境时就知道怎么叫了，然而“萝卜赛梨辣来换”极少配上不沙哑的嗓子，“硬面饽饽”在我的楼下也远不如我们外乡人在演曹禺的戏的时候所作的效果更有效果。而在揣摩着他们把“硬”字都念得开口过大成为“漾”字的时候，我想北平我们真是初来，乃不禁想起在昆明我们住了多久啊。“骄傲于被问路于自己，异乡人懂得水里的微笑”，对不起，那实在不算得什么。昆明的一条一条街，一条一条弯弯曲曲巷子，高高下下的坡，都说着就和盘托出来了，有去有来，有左有右，有光暗，有颜色，有感觉，有气味，而且，升起飘出来各种各种声音，那么丰富，那么亲切，那么自然，那么现现成成的，在我们的腹下，我们的喉头，我们的烟灰缸的上空，我们头靠着椅子的背后，教我们眼睛眯□，有光亮，我们的手指交握，搓揉，我们虚胸缩颈，舔掠唇舌，摩挲下巴，吞咽唾水，简直不在乎自己是□态可掬了。这些声音真是入于肺腑，深在意识之中，随时与我们同在了。那么我们很有理由毫无顾忌地坚持着对于昆明的叫卖的偏爱了。——是偏爱，但世上若是除去了偏爱，剩下来的即使还有，那种爱是什么一种不可想象的样子呢？——以后我要随时想起，随时记录下来了。其实我更希望有常识与专常的有心人，利用假期，以其余力，做这件事。如果他要，我可以把我的几则一齐送给他去。那当然不限定昆明一个地方，好！我连我的偏爱都可以捐弃。我有什么话想跟他说么？没有，除了一点，是不是可以弄得不太有条理？我的意思是说，喏，弄得好玩一点。

注释

原载一九四八年六月二十七日《大公报》。

蜘蛛和苍蝇

什么声音？我听到一缕极细的声音，嘤嘤的，细，可是紧，持续，从一个极深地方抽出来，一个不可知的地方。可是我马上找到它的来源，楼梯顶头窗户底下，一个墙犄角，一个蜘蛛正在吃一个苍蝇！

这房子不知哪里来的那么多蜘蛛！来看房子的时候，房子空着，四堵白壁，一无所有，而到处是许多蜘蛛蛋。他们一边走来走去察看，水井，厨房，厕所，门上的锁，窗上缺不缺玻璃……我一个人在现在我住的这一间里看着那些蜘蛛蛋。嗐噫！简直不计其数，圆圆的。像一粒绿豆，灰黑色，有细碎斑点，饱满而结实，不过用手捻捻一定有点软。看得我胃里不大舒服，颈子底下发硬起来。正在谈租价，谈合同事，我没有说什么话。——这些蛋一个一个里面全有一个蜘蛛，不知道在里头是什么样子？有没有眼睛，有没有脚？我觉得它们都迷迷糊糊有一点醒了似的。啧！啧！——到搬进来的时候都打扫干净了，不晓得他们如何处理那些蛋的。可是，屋子里现在还有不少蜘蛛。

蜘蛛小，一粒小麦大。苍蝇是个大苍蝇，一个金苍蝇。它完全捉住了它，已经在吃着了。它啄它的背，啄它的红颜色的头，好像从里头吸出什么东西来。苍蝇还活着，挣扎，叫。可是它的两只后脚、一只左中脚都无可救药地胶死了。翅膀也粘住了，两只翅尖搭在一起。左前脚绊在一根蛛丝上，还完好。前脚则时而绊住，时而又脱开。右中脚虽然是自由的，但几乎毫无用处，一点着不上劲。能够活动的只有那只右前脚，似乎它全身的力量都聚集在这只脚上了。它尽它的最后的生命动弹，振得蜘蛛网全部都摇颤起来，然而这是盲目的乱动，情形越来越坏。它一直叫，一直叫，我简直不相信一只苍蝇里头有那么多的声音，无穷尽的声音，而且一直那么强，那么尖锐。——忽然塞住了，声音死了。——不，还有，不过一变而为微弱了，更细了，而且平静极了，一点都不那么紧张得要命了。蜘蛛专心地吃，而高高地翘起它一只细长的后脚，拼命地颤抖，抖得快极了。不可形容的快，一根高音的弦似的。它为什么那么抖着呢？快乐？达到生命的狂欢的顶点了？过分强烈的感情必须从这只腿上发泄出去，否则它也许会晕厥，会死？它饱了罢，它要休息，喘一口气？它放开了苍蝇？急急地爬到一边，停了下来。它的脚，它的身体，它的嘴，都静止不动。隔了三秒钟，又换一个地方，爬得更远，又是全身不动。它干吗？回味，消化？它简直像睡着了。说不定它大概真睡着了。苍蝇还在哼哼，在动换，可是它毫无兴趣，一点都不关心的样子。……

睡了吗？嗐，不行，哪有这么舒服的事情！我用嘴吹起了一阵大风，直对它身上。它立刻醒了，用六只长脚把自己包了起来。——蜘蛛死了都是自己这么包起来的。它刚一解开，再吹，它跑了。一停，又是那么包了起来。其中有一次，包得不大严密，一只脚挂在外头。——怎么样，来两滴雨罢！这不是很容易的事，我用一个茶杯滴了好多次才恰恰地滴在它身上。夥！这一下严重了，慌了，赶紧跑，向网边上跑。再来一滴！——这一滴好极了，正着。它一直逃出它的网，在墙角里躲起来了。

看看这一位怎么样了，来。用一根火柴把它解脱出来，唉，已经差不多了。给它清理清理翅膀腿脚，它都不省人事了，就会毫无意义乱动！它一身纠纠缠缠的，弄得简直不成样子了。完了，这样的自由对它没有什么多大意思。——还给你！我把苍蝇往它面前一掼，也许做得不大粗柔，蜘蛛略略迟疑了一下，觉得情形不妙，回过身来就跑。你跑！那非还你不可！它跑到那里，我赶在它前头把半死的苍蝇往它面前一搁。它不假思索，掉头便走。这是只什么苍蝇呢？做了半世蜘蛛，从没有遇过这么奇怪的事情！这超乎它的经验，它得看看，它不马上就走了，站住，对着它高高地举起两只前脚，甚至有一次敢用一只脚去拨了一下。岂有此理！今天这个苍蝇要吃了你呢，当面地扑到你头上来了。一直弄得这个霸王走投无路，它变得非常激动起来，慌忙急迫，失去了理智，失去了机警和镇定，失去了尊严，我稍为感到有点满意，当然！我可没有当真地为光荣的胜利所陶醉了。

得了，我并不想做一个新的上帝，而且蹲在这儿半天，也累了，用一只纸烟罐子把蜘蛛和苍蝇都捉起来扣在里面，我要抽一根烟了。一根烟抽完，蜘蛛又是一个蜘蛛，苍蝇又是一只苍蝇了：揭开来一看，蜘蛛在吃苍蝇，甚至没有为揭开罐子的声音和由阴暗到明朗骤然的变化所惊动。而且，嗐，它在罐子里都拉了几根丝，结了个略具规模的网了！苍蝇，大概是完了事。在一阵重重的疲倦淹没了所有的苦痛之后，它觉得右前脚有点麻木起来，它一点都不知道它的漂亮的头是扭歪了的，嘴已经对着了它的肩膀。最后还有一点感觉，它的头上背上的发热的伤口来了一丝凉意，舒舒服服地浸遍它的全身，好了，一缕英魂袅袅地升了上去，阿门。

我打开了今天的报纸。

注释

原载《新路周刊》一九四八年第一卷第十期。

道具树

……西长安街。十一点。（钟在什么地方敲。）月和雾，路灯。火车喘着汽，汽笛在天边拉响，在城市之外，又悠又远又安详。汽车缎子似的一曳，一个环绕的圆弧，低低地贴着地面，再见，——消失了。三座门一层沉沉的影子，赶不开可是压不住，——一片树叶正在过桥哩。各种声音，柔润，温和，纯熟，依依地展出一片意义，我好像是一个绝域归来的倦客，吃过了又睡过了，第一次观察这个世界，充满清兴的时间，至情的夜。

（日子真不大好过啊，可是灾难这一会儿似乎放开我们了……）

一棵树：满含月光的轻雾里，路灯投下

一圈一圈的圆光，一个一个 spot，一棵矮树一半溶在光里了。一片一片浅黄的叶子，纤秀，苗条，（槐树么？）疏疏落落，微微飘动，（冬天，可是风多轻柔，）一片一片叶子如蘸水，鲜明极了，空中之色，凭虚而在，卓然的分别于其周遭，而指出枝干的姿势。无比的生动：真实与虚幻相合，真实即虚幻，空气极其清冽，如在湖上，平坦的、远阔的夜啊。晚归的三五成阵的行人都有极好的表情。……

我热爱舞台生活！（什么东西叫我激动起来了。）我将永远无法让你明白那种生活的魅力啊。那是水里的酒，而我毫不犹豫用这两个字说明我的感情：醉心。你去试试看，你只要在里头泡过一阵，你就说不出来有一种瘾。这些你是都可以想象得到的：节奏的感觉，形式的完美的感觉，你亲身担当一个匀称和谐的杰作的一笔，你去证明一种东西。艰难的克服和艰难本身加于你的快感；紧张得要命，跟紧张做伴的镇定，和甜美的，真是甜美的啊，那种松弛。创造和被创造，什么是真值得快乐的？——胜利，你体验“形成”，形成是一个实实在在的东西。你不能怀疑，虚空的虚空么，好，“咱们台上见！”——你说我说的是戏剧本身，赞美的是演出么？是的，那是该赞美的，凡是弄戏的都有一个当然的信念：一切为了演出。愿我们持有这个信念罢。可是你不是说的是演员？演员有演员的快乐，但是我们今天暂时不提及属于个人部分的东西。整个的。从一个剧本的“来到我们手里”，到拆台，到最后一个戴起帽子，扣好衣服，点起一根烟，在从楼上窗户斜射到又空又大的池座中的阳光中走出来，惆怅又轻松，依依的别意，离开戏园子，这个家，为止。每一个时候你都觉得有所为，清清楚楚地知道你的存在的意义。你在一个宏壮的舞台之中，像潮水，一起向前；而每个人是一个象征。我唯在戏剧圈子里而见识过真正的友谊。在每个人都站在戏剧之中的时候，真是和衷共济，大家都能为别人想，都恳切。人是个什么样的人在那种时候看得最清楚，而好多人在弄戏的时候，常与在“外头”不一样。于是坦易，于是脱俗，于是，快乐了。忙是真忙呀，手体四肢，双手大脑，一齐并用，可喜的是你觉得你早应当疲倦的时候你还有精力，于是你知道你平常的疲倦都因为烦闷，你看懂疲倦了。烟是个烟，水是杯水，一切那么“是个味儿”，一切姿势都可感，一切姿势都是充分的。……

（哦，我离开那种生活日子已久了，你看……）

一直到戏“搬出来”。戏在台上演，在“完全良好”的情形下进行，你听，真静，鸦雀无声！多广大呀，多丰满呀。你直接走到戏剧里头，贴到戏剧顶内在、顶深秘的东西，戏剧的本质了，一瓣花在展开，一脉泉在悸动，一缕风在轻轻运送。我爱轻手轻脚的，——说不出的小心入微，从布景后面纵横复杂的铁架子之间走过，站一站，看一看从前面透过的光，一个花盆或者别的东西印在布景上的影子。默念台上的动作，表情，然后从两句已经永不走样的剧词之间溜下来。我每天都要走这么一两趟，我的心充满了感情，像春一样的柔软。

而我爱在杂乱的道具室里休息。爱在下一幕要搬上去的沙发里躺一躺，爱看前一幕撤下来的书架上的书。我爱这些奇异的配合，特殊的秩序，这些因为需要而凑在一起的不同。这些不同时代，不同作风，属于不同社会，不同的人的形形色色，环绕在我身旁，不但不倾轧，不矛盾，而且还会流通起来，形成一场盛宴。我爱这么搬来搬去，这种不定，这种暂时的永久。我爱这种偶然，这种认真其是，这种庄严的做作。我爱在一棵伪装的，钉着许多木条，叶子已经半干，干子只有半爿的，不伦不类，样子滑稽的树底下坐下来，抽烟，思索。我的思想跟在任何一棵树下没有什么不同，而且，我简直要说，不是任何一棵树下所能有的，那么清醒，那么流动，那么纯净无滓。

（哦，我需要一棵树。现在，——每一个时候……）

十一月十七日，午门

注释

原载一九四八年十一月二十八日天津《大公报》。

夏天

夏天的早晨真舒服。空气很凉爽，草上还挂着露水（蜘蛛网上也挂着露水），写大字一张，读古文一篇。夏天的早晨真舒服。

凡花大都是五瓣，栀子花却是六瓣。山歌云："栀子花开六瓣头。"栀子花粗粗大大，色白，近蒂处微绿，极香，香气简直有点叫人受不了，我的家乡人说是："碰鼻子香。"栀子花粗粗大大，又香得掸都掸不开，于是为文雅人不取，以为品格不高。栀子花说："去你妈的，我就是要这样香，香得痛痛快快，你们他妈的管得着吗！"

人们往往把栀子花和白兰花相比。苏州

姑娘串街卖花，娇声叫卖："栀子花！白兰花！"白兰花花朵半开，娇娇嫩嫩，如象牙白色，香气文静，但有点甜俗，为上海长三堂子的"倌人"所喜，因为听说玉兰花要到夜间枕上才格外地香。我觉得红"倌人"的枕上之花，不如船娘髻边花更为刺激。

夏天的花里最为幽静的是珠兰。

牵牛花短命。早晨沾露才开，午时即已萎谢。

秋葵也命薄。瓣淡黄，白心，心外有紫晕。风吹薄瓣，楚楚可怜。

凤仙花有单瓣者，有重瓣者。重瓣者如小牡丹，凤仙花茎粗肥，湖南人用以腌"臭咸菜"，此吾乡所未有。

马齿苋、狗尾巴草、益母草，都长得非常旺盛。

淡竹叶开浅蓝色小花，如小蝴蝶，很好看。叶片微似竹叶而较柔软。

"万把钩"即苍耳。因为结的小果上有许多小钩，碰到它就会挂在衣服上，得小心摘去，所以孩子叫它"万把钩"。

我们那里有一种"巴根草"，贴地而去，见缝扎根，一棵草蔓延开来，长了很多根，横的，竖的，一大片。而且非常顽强，拉扯不断。很小的孩子就会唱：

巴根草，
绿茵茵，
唱个唱，
把狗听。

最讨厌的是“臭芝麻”。掏蟋蟀、捉金铃子，常常沾了一裤腿。奇臭无比，很难除净。

西瓜以绳络悬之井中，下午剖食，一刀下去，咔嚓有声，凉气四溢，连眼睛都是凉的。

天下皆重“黑籽红瓤”，吾乡独以“三白”为贵：白皮、白瓤、白籽。“三白”以东墩产者最佳。

香瓜有：牛角酥，状似牛角，瓜皮淡绿色，刨去皮，则瓜肉浓绿，籽赤红，味浓而肉脆，北京亦有，谓之“羊角蜜”；蛤蟆酥，不甚甜而脆，嚼之有黄瓜香；梨瓜，大如拳，白皮，白瓤，生脆有梨香；有一种较大，皮色如蛤蟆，不甚甜，而极“面”，孩子们称之为“奶奶哼”，说奶奶一边吃，一边“哼”。

蝈蝈，我的家乡叫作“叫蛐子”。叫蛐子有两种。一种叫“侉叫蛐子”。那真是“侉”，跟一个叫驴子似的，叫起来“咶咶咶咶”很吵人。喂它一点辣椒，更吵得厉害。一种叫“秋叫蛐子”，全身碧绿如玻璃翠，小巧玲珑，鸣声亦柔细。

别出声，金铃子在小玻璃盒子里爬哪！它停下来，吃两口食，——鸭梨切成小骰子块。于是它叫了“丁零零零”……

乘凉。

搬一张大竹床放在天井里，横七竖八一躺，浑身爽利，暑气全消。看月华。月华五色晶莹，变幻不定，非常好看。月亮周围有一个模模糊糊的大圆圈，谓之“风圈”，近几天会刮风。“乌猪子过江了”——黑云漫过天河，要下大雨。

一直到露水下来，竹床子的栏杆都湿了，才回去，这时已经很困了，才沾藤枕（我们那里夏天都枕藤枕或漆枕），已入梦乡。

鸡头米老了，新核桃下来了，夏天就快过去了。

注释

原载《大家》一九九四年第六期。

冬天

天冷了，堂屋里上了槅子。槅子，是春暖时卸下来的，一直在厢屋里放着。现在，搬出来，刷洗干净了，换了新的粉连纸，雪白的纸。上了槅子，显得严紧，安适，好像生活中多了一层保护。家人闲坐，灯火可亲。

床上拆了帐子，铺了稻草。洗帐子要捡一个晴朗的好天，当天就晒干。夏布的帐子，晾在院子里，夏天离得远了。稻草装在一个布套里，粗布的，和床一般大。铺了稻草，暄腾腾的，暖和，而且有稻草的香味，使人有幸福感。

不过也还是冷的。南方的冬天比北方难受，屋里不生火。晚上脱了棉衣，钻进冰凉的被窝里，早起，穿上冰凉的棉袄棉裤，真冷。

放了寒假，就可以睡懒觉。棉衣在铜炉子上烘过了，起来就不是很困难了。尤其是，棉鞋烘得热热的，穿进去真是舒服。

我们那里生烧煤的铁火炉的人家很少。一般取暖，只是铜炉子、脚炉和手炉。脚炉是黄铜的，有多眼的盖。里面烧的是粗糠。粗糠装满，铲上几铲没有烧透的芦柴火（我们那里烧芦苇，叫作“芦柴”）的红灰盖在上面。粗糠引着了，冒一阵烟，不一会儿，烟尽了，就可以盖上炉盖。粗糠慢慢延烧，可以经很久。老太太们离不开它。闲来无事，抹抹纸牌，每个老太太脚下都有一个脚炉。脚炉里粗糠太实了，空气不够，火力渐微，就要用“拨火板”沿炉边挖两下，把粗糠拨松，火就旺了。脚炉暖人。脚不冷则周身不冷。焦糠的气味也很好闻。仿日本俳句，可以作一首诗：“冬天，脚炉焦糠的香。”手炉较脚炉小，大都是白铜的，讲究的是银制的。炉盖不是一个一个圆窟窿，大都是镂空的松竹梅花图案。手炉有极小的，中置炭墼（煤炭研为细末，略加蜜，筑成饼状），以纸煤头引着。一个炭墼能经一天。

冬天吃的菜，有乌青菜、冻豆腐、咸菜汤。乌青菜塌棵，平贴地面，江南谓之“塌苦菜”，此菜味微苦。我的祖母在后园辟小片地，种乌青菜，经霜，菜叶边缘作紫红色，味道苦中泛甜。乌青菜与“蟹油”同煮，滋味难比。“蟹油”是以大螃蟹煮熟剔肉，加猪油“炼”成的，放在大海碗里，凝成蟹冻，久贮不坏，可吃一冬。豆腐冻后，不知道为什么是蜂窝状。化开，切小块，与鲜肉、咸肉、牛肉、海米或咸菜同煮，无不佳。冻豆腐宜放辣椒、青蒜。我们那里过去没有北方的大白菜，只有“青菜”。大白菜是从山东运来的，美其名曰“黄芽菜”，很贵。“青菜”似油菜而大，高二尺，是一年四季都有的、家家都吃的菜。咸菜即是用青菜腌的。阴天下雪，喝咸菜汤。

冬天的游戏：踢毽子，抓子儿，下“逍遥”。“逍遥”是在一张正方的白纸上，木版印出螺旋的双道，两道之间印出八仙、马、兔子、鲤鱼、虾……每样都是两个，错落排列，不依次序。玩的时候各执铜钱或象棋子为子儿，掷骰子，如果骰子是五点，自“起马”处数起，向前走五步，是兔子，则可向内圈寻找另一个兔子，以子儿押在上面。下一轮开始，自里圈兔子处数起，如是六点，进六步，也许是铁拐李，就寻另一个铁拐李，把子儿押在那个铁拐李上。如果数至里圈的什么图上，则到外圈去找，退回来。点数够了，子儿能进终点（终点是一座宫殿式的房子，不知是月宫还是龙门），就算赢了。次后进入的为“二家”“三家”。“逍遥”两个人玩也可以，三个四个人玩也可以。不知道为什么叫作“逍遥”。

早起一睁眼，窗户纸上亮晃晃的，下雪了！雪天，到后园去折蜡梅花、天竺果。明黄色的蜡梅、鲜红的天竺果，白雪，生意盎然。蜡梅开得很长，天竺果尤为耐久，插在胆瓶里，可经半个月。

舂粉子。有一家邻居，有一架碓。这架碓平常不大有人用，只在冬天由附近的一二十家轮流借用。碓屋很小，除了一架碓，只有一些筛子、箩。踩碓很好玩，用脚一踏，吱扭一声，碓嘴扬了起来，嘭的一声，落在碓窝里。粉子舂好了，可以蒸糕，做“年烧饼”（糯米粉为蒂，包豆沙白糖，作为饼，在锅里烙熟），搓圆子（即汤团）。舂粉子，就快过年了。

一九八八年十二月二十二日

注释

原载《中国作家》一九九八年第一期。

冬天的树

冬天的树

冬天的树，伸出细细的枝子，像一阵淡紫色的烟雾。

冬天的树，像一些铜板蚀刻。

冬天的树，简练，清楚。

冬天的树，现出了它的全身。

冬天的树，落尽了所有的叶子，为了不受风的摇撼。

冬天的树，轻轻地，轻轻地呼吸着，树梢隐隐地起伏。

冬天的树在静静地思索。

（这是冬天了，今年真不算冷。空气有点

潮湿起来，怕是要下一场小雨了吧。)

冬天的树，已经出了一些比米粒还小的芽苞，裹在黑色的鞘壳里，偷偷地露出一点娇红。

冬天的树，很快就会吐出一朵一朵透明的、嫩绿的新叶，像一朵一朵火焰，飘动在天空中。

很快，就会满树都是繁华的、丰盛的浓密的绿叶，在丽日和风之中，兴高采烈，大声地喧哗。

标　语

游行过去了。已经有多少天了？……

下午一点钟游行，现在，可以走了。把墨水瓶盖起来，椅子推到桌子底下，摸一摸钥匙，走。立刻，这个城市变了样子。人走到街上来，变成了队伍。沉静、平稳的，然而凝练的、湍急的队伍。人们从自己身上感觉到别人的紧张的肌肉和饱满的肺，从别人的眼睛里看到自己的发光的眼睛。于是，队伍密集起来，汇总起来，成了一片海。海的力量，海的声音，震动着全城的扩音器和收音机的喇叭，哗啦，哗啦……

一直到晚上，人们才回来，在暮色中，在每天在一定的时候亮起来的路灯底下，一群一群，一阵一阵，走在马路边上，带着没有消散的兴奋和卷得整整齐齐的旗子……

游行过去了……

现在，这里是日常生活。人来，人往。公共汽车斜驶过来，轻巧地进了站。冰糖葫芦。邮筒。鲜花厂的玻璃上结着水汽，一朵红花清晰地突现出来，从恍惚的绿影的后面。狐皮大衣，铜鼓。

炒栗子的香气。十二月上午的阳光……

但是有标语。标语留下来，标语贴在墙上，贴在日常生活里面。标语一天一天地变得更加切实，更加深刻：

我们坚决支援埃及人民。

公共汽车

去年，在公共汽车上，我的孩子问我："小驴子有舅舅吗？"他在路上看到一只小驴子；他自己的舅舅前两天刚从桂林来，开了几天会，又走了。

今年，在公共汽车上，我的孩子告诉我："这是洒水车，这是载重汽车，这是老吊车……我会画大卡车。我们托儿所有个小朋友，他画得棒极了，他什么都会画，他……"

我的孩子跟我说了不止一次了："我长大了开公共汽车！"我想了一想，我没有意见。不过，这一来，每次上公共汽车，我就只好更得顺着他了。从前，一上公共汽车，我总是向后面看看，要是有座位，能坐一会儿也好嘛。他可不，一上来就往前面钻。钻到前面干什么呢？站在那里看司机叔叔开汽车。起先他问我为什么前面那个表旁边有两个扣子大的小灯，一个红的，一个黄的？为什么亮了——又慢慢地灭了？我以为他发生兴趣的也就是这两个小灯；后来，我发现并不是的，他对那两个小灯已经颇为冷淡了，但还是一样一上车就急忙往前面钻，站在那里看。我知道吸引住他的早就已经不是小红灯小黄灯，是人开汽车。我们曾经因为意见不同而发生过不愉快。有一两次因为我不很了解，没有尊重他的愿望，一上车就抱着他到后面去坐下了，及至发觉，则已经来不及了，前面已经堵得严严的，怎么也挤不过去了。于是他跟我吵了一路。“我说上前面，你定要到后面来！”——“你没有说呀！”——“我说了！我说了！”——他是没有说，不过他在心里是说了。“现在去也不行啦，这么多人！”——“刚才没有人！刚才没有人！”这以后，我就尊重他了，甭想再坐了。但是我“从思想里明确起来”，则还在他宣布了他的志愿以后。从此，一上车，我就立刻往右拐，几乎已经成了本能，简直比他还积极。有时前面人多，我也带着他往前挤：“劳驾，劳驾，我们这孩子，唉！要看开汽车，咳……”

开公共汽车，这实在也不坏。

开公共汽车，这是一桩复杂的、艰巨的工作。开公共汽车，这不是开普通的汽车。你知道，北京的公共汽车有多挤。在公共汽车上工作，这是对付人的工作，不是对付机器。

在北京的公共汽车上工作的，开车的，售票的，绝大部分是一些有本事的、精干的人。我看过很多司机，很多售票员。有一些，确乎是不好的。我看过一个面色苍白的、萎弱的售票员，他几乎一早上出车时就打不起精神来。他含含糊糊地、口齿不清地报着站名，吃力地点着钱，划着票；眼睛看也不看，带着淡淡的怨气呻吟着：“不下车的往后面走走，下面等车的人很多……”也有的司机，在车子到站，上客下客的时候就休息起来，或者看他手上的表，驾驶台后面的事他满不关心。但是我看过很多精力旺盛的、机敏灵活的、不疲倦的售票员。我看到过一个长着浅浅的兜腮胡子和一对乌黑的大眼睛的角色，他在最挤的一趟车快要到达终点站的时候还是声若洪钟。一副配在最大的演出会上报幕的真正漂亮的嗓子。大声地说了那么多话而能一点不声嘶力竭，气急败坏，这不只是个嗓子的问题。我看到过一个家伙，他每次都能在一定的地方，用一定的速度报告下车之后到什么地方该换乘什么车，他的声音是比较固定的，但是保持着自然的语调高低，咬字准确清楚，没有像有些售票员一样把许多字音吃了，并且因为把两个字音搭起来变成一种特殊的声调，没有变成一种过分职业化的有点油气的说白，没有把这个工作变成一种仅具形式的玩弄——而且，每一次他都是恰好把最后一句话说完，车也就到了站，他就在最后一个字的尾音里拉开了车门，顺势弹跳下车。我看见过一个总是高高兴兴而又精细认真的小伙子。那是夏天，他穿一件背心，已经完全汗湿了而且弄得颇有点污脏了，但是他还是笑嘻嘻的。我看见他很亲切地请一位乘客起来，让一位怀孕的女同志坐，而那位女同志不坐，说她再有两站就下车了。“坐两站也好嘛！”她竟然坚持不坐，于是他只好无可奈何地笑一笑；车上的人也都很同情他的笑，包括那位刚刚站起来的乘客，这个座位终于只是空着，尽管车上并不是不挤。车上的人这时想到的不是自己要不要坐下，而是想的另外一类的事情。有那样的售票员，在看见有孕妇、老人、孩子上车的时候也说一声：“劳驾来，给孕妇、抱小孩的让个座吧！”说完了他就不管了。甚至有的说过了还急忙离孕妇老人远一点，躲开抱着孩子的母亲向他看着的眼睛，他怕真给找起座位来麻烦，怕遇到蛮横的乘客惹起争吵，他没有诚心，在困难面前退却了。他不。对于他所提出的给孕妇、老人、孩子让座的请求是不会有人拒绝，不会不乐意的，因为他确是在关心着老人、孕妇和孩子，不只是履行职务，他是要想尽办法使他们安全，使他们比较舒适的，不只是说两句话。他找起座位来总是比较顺利，用不了多少时候，所以耽误不了别的事。

这不是很奇怪么？是的，了解一个人的品德并不很难，只要看看他的眼睛。我看见，在车里人比较少一点的时候，在他把票都卖完了的时候，他和一个学生模样的女孩子在闲谈，好像谈她的姨妈怎么怎么的，看起来，这女孩是他一个邻居。而当车快到站的时候，他立刻很自然地结束了谈话，扬声报告所到的站名和转乘车辆的路线，打开车门，稳健而灵活地跳下去。我看见，他的背心上印着字：一九五五年北京市公共汽车公司模范售票员；底下还有一个号码，很抱歉，我把它忘了。当时我是记住的，我以为我不会忘，可是我把它忘了。我对记数目字太没有本领了——是225？是不是？现在是六点一刻，他就要交班了。他到了家，洗一个澡，一定会换一身干干净净的、雪白的衬衫，还会去看一场电影。会的，他很愉快，他不感到十分疲倦。是和谁呢？是刚才车上那个女孩子么？这小伙子有一副招人喜欢的体态：文雅。多么漂亮，多有出息的小伙子！祝你幸福……

我看到过一个司机。就是跟那个苍白的、疲乏的售票员在一辆车上的司机。这是一个沉默寡言的、冷静的人，有四十多岁，一张瘦瘦的黑黑的脸，脸上没有什么表情。这个人，车是开得好的；在路上遇到什么人乱跑或者前面的自行车把不住方向，情况颇为紧急时，从不大惊小怪，不使得一车的人都急忙伸出头来往外看，也不大声呵斥骑车行路的人。这个人，一到站，就站起来，转身向后，偶尔也伸出手来指点一下：“那位穿蓝制服的，你要到西单才下车，请你往后走走。拿皮包的那位同志，请你偏过身子来，让这位老太太下车。车下有一个孕妇，坐专座的同志，请你站起来。往后走，往后走，后面还有地方，还可以再往后走。”很奇怪，车上的人就在他的这样的简单的、平淡的话的指挥之下，变得服服帖帖，很有秩序。他从来不呼吁，不请求，不道“劳驾”，不说“上下班的时候，人多，大家挤挤！”“大礼拜六的，谁不想早点回家呀，挤挤，挤挤，多上一个好一个！”“外边下着雨，互相多照顾照顾吧，都上来了最好！”“上不来了！后边车就来啦！我不愿意多上几个呀！我愿意都上来才好哩，也得挤得下呀！……”他不说这些！这个人身上有一种奇特的东西，那就是：坚定、自信。我看了看车上钉着的“公共汽车司机售票员守则”，有一条，是“负责疏导乘客”，“疏导”，这两个字是谁想出来的？这实在很好，这用在他身上是再恰当也没有了。于此可见，语言，是得要从生活里来的。我再看看“公约”，“公约”的第一条是：“热爱乘客。”我想了想，像他这样，是“热爱”么？我想，是的，是热爱，这样的冷静，坚定，也是热爱，正如同那225号的小伙子的开朗的笑容是热爱一样……

人，是有各色各样的人的。

……我的孩子长大了要开公共汽车，我没有意见。

一九五六年十二月

注释

原载《人民文学》一九五七年第三期。

战争

如果你懂得外国文，我希望你把这首佧佤族（今佤族）的民歌翻译出来。佧佤族是居住在我国西南边境大山里的一个少数民族，那里的气候大概很冷，他们用木杵舂着米吃；他们有许多悲哀的、美丽的传说和故事，有一首歌歌唱一对青年生前不能相爱，死后变成了天上的一对星星，这首歌据说有一万多行……除此之外我还知道什么呢？我不知道什么了。然而我知道这一首一共只有两句的歌，我非常想把它告诉每一个人，我希望你把它翻译出来，翻译出来叫全世界都看一看：

斧头砍过的再生树，

战争丢下的孤儿。

注释

原载一九五七年四月一日《文汇报》。

马莲

你唱你的三，
我对你的三，
马莲开花在路边……

——儿歌

你看见过马莲吗？

马莲是一种很动人的植物。马莲的叶子可以穿鱼，揭开鱼的鳃，穿过去，打一个疙瘩，拎着——这会断吗？不会！马莲的根可以做刷子，洗衣服用的刷子，炊帚、擦痰桶、擦抽水马桶用的……这样洁净的、坚韧的、美丽的根！

我真想看看马莲，看看它在浅水的旁边，

在微风里，一丛一丛的，轻轻地摇动着，摇动着细长的叶子。

我没有看见过马莲。

注释

原载一九五七年四月一日《文汇报》。

随笔两篇

水母

在中国的北方，有一股好水的地方，往往会有一座水母宫，里面供着水母娘娘。这大概是因为北方干旱，人们对水有一种特殊的感情。为了表达这种感情，于是建了宫，并且创造出一个女性的水之神。水神之为女性，似乎是很自然的事，因为水是温柔的。虽然河伯也是水神，他是男的，但他惯会兴风作浪，时常跟人们捣乱，不是好神，可以另当别论。我在南方就很少看到过水母宫。南方多的是龙王庙。因为南方是水乡，不缺水，倒是常常要大水为灾，故多建龙王庙，让龙王来把水“治”住。

水母娘娘是一个很有特点的女神。

中国的女神的形象大都是一些贵妇人。神是人按照自己的样子创造出来的。女神该是什么样子呢？想象不出。于是从富贵人家的宅眷中取样，这原本也是很自然的事。这些女神大都是宫样盛装，衣裙华丽，体态丰盈，皮肤细嫩。若是少女或少妇，则往往在端丽之中稍带一点妖冶。《封神榜》里的女娲圣像，“容貌端丽，瑞彩翩翩，国色天姿，宛然如生；真是蕊宫仙子临凡，月殿嫦娥下世”，竟至使“纣王一见，神魂飘荡，陡起淫心”，可见是并不冷若冰霜。圣像如此，也就不能单怪纣王。作者在描绘时笔下就流露出几分遐想，用语不免轻薄，很不得体的。《水浒传》里的九天玄女也差不多：“头绾九龙飞凤髻，身穿金缕绛绡衣。蓝田玉带曳长裾，白玉圭璋擎彩袖。脸如莲萼，天然眉目映云鬟；唇似樱桃，自在规模端雪体。犹如王母宴蟠桃，却似嫦娥居月殿。”虽然作者在最后找补了两句：“正大仙容描不就，威严形象画难成”，也还是挽回不了妖艳的印象。——这二位长得都像嫦娥，真是不谋而合！倾慕中包藏着亵渎，这是中国的平民对于女神也即是对于大家宅眷的微妙的心理。有人见麻姑爪长，想到如果让她来搔搔背一定很舒服。这种非分的异想，是不难理解的。至于中年以上的女神，就不会引起膜拜者的隐隐约约的性冲动了。她们大都长得很富态，一脸的福相，低垂着眼皮，眼观鼻，鼻观心，毫无表情地端端正正地坐着，手里捧着“圭”，圭下有一块蓝色的绸帕垫着，绸帕耷拉下来，我想是不让人看见她的胖手。这已经完全是一位命妇甚至是皇娘了。太原晋祠正殿所供的那位晋之开国的国母，就是这样。泰山的碧霞元君，朝山进香的没有知识的乡下女人称之为“泰山老奶奶”，这称呼实在是非常之准确，因为她的模样就像一个呼奴使婢的很阔的老奶奶，只不过不知为什么成了神罢了。——总而言之，这些女神的“成分”都是很高的。“文化大革命”中，有一位农民出身当了造反派的头头的干部，带头打碎了很多神像，其中包括一些女神的像。他的理由非常简单明了：“她们都是地主婆！”不能说他毫无道理。

水母娘娘异于这些女神。

水母宫一般都很小，比一般的土地祠略大一些。“宫”门也矮，身材高大一些的，要低了头才能走进去。里面塑着水母娘娘的金身，大概只有二尺来高。这位娘娘的装束，完全是一个农村小媳妇：大襟的布袄，长裤，布鞋。她的神座不是什么“八宝九龙床”，却是一口水缸，上面扣着一个锅盖，她就盘了腿用北方妇女坐炕的姿势坐在锅盖上。她是半侧着身子坐的，不像一般的神坐北朝南面对“观众”。她高高地举起手臂，在梳头。这“造型”是很美的。这就是在华北农村到处可以看见的一个俊俊俏俏的小媳妇，完全不是什么“神”！

她为什么会成了神？华北很多村里都流传着这样的故事：

有一家，有一个小媳妇。这地方没水，没有河，也没有井。她每天要到很远的地方去担水。一天，来了一个骑马的过路人，进门要一点水喝。小媳妇给他舀了一瓢。过路人一口气就喝掉了。他还想喝，小媳妇就由他自己用瓢舀。不想这过路人咕咚咕咚把半缸水全喝了！小媳妇想：这人大概是太渴了。她今天没水做饭了，这咋办？心里着急，脸上可没露出来。过路人喝够了水，道了谢。他倒还挺通情理，说：“你今天没水做饭了吧？”“嗯哪！”——“你婆婆知道了，不骂你吗？”——“再说吧！”过路人说：“你这人——心好！这么着吧：我送给你一根马鞭子，你把鞭子插在水缸里。要水了，就把鞭往上提提，缸里就有水了。要多少，提多高。要记住，不敢把马鞭子提出缸口！记住，记住，千万记住！”说完了话，这人就不见了。这是个神仙！从此往后，小媳妇就不用走老远的路去担水了。要用水，把马鞭子提一提，就有了。这可真是“美扎”啦！

一天，小媳妇住娘家去了。她婆婆做饭，要用水。她也照着样儿把马鞭子往上提。不想提过了劲，把个马鞭子一下提出缸口了。这可了不得了，水缸里的水哗哗地往外涌，发大水了。不大会儿工夫，村子淹了！

小媳妇在娘家，早上起来，正梳着头，刚把头发打开，还没有挽上纂，听到有人报信，说她婆家村淹了，小媳妇一听：坏了！准是婆婆把马鞭子拔出缸外了！她赶忙往回奔。到家了，急中生计，抓起锅盖往缸口上一扣，自己腾地一下坐到锅盖上。嘿！水不涌了！

后来，人们就尊奉她为水母娘娘，照着她当时的样子，塑了金身：盘腿坐在扣在水缸上的锅盖上，水退了，她接着梳头。她高高举起手臂，是在挽纂儿哪！

这个小媳妇是值得被尊奉为神的。听到婆家发了大水，急忙就往回奔，何其勇也。抓起锅盖扣在缸口，自己腾地坐了上去，何其智也。水退之后，继续梳头挽纂，又何其从容不迫也。

水母的塑像，据我见到过的，有两种。一种是凤冠霞帔作命妇装束的，俨然是一位“娘娘”；一种是这种小媳妇模样的。我喜欢后一种。

这是农民自己的神，农民按照自己的模样塑造的神。这是农民心目中的女神：一个能干善良且俊俏的小媳妇。农民对这样的水母不缺乏崇敬，但是并不畏惧。农民对她可以平视，甚至可以谈谈家常。这是他们想出来的，他们要的神，——人，不是别人强加给他们头上的一种压力。

有一点是我不明白的。这小媳妇的功德应该是制服了一场洪水，但是她的“宫”却往往有一股好水的源头，似乎她是这股水的赐予者，这到底是怎么回事呢？这个故事很美，但是这个很美的故事和她被尊奉为“水母”又有什么必然的关系呢？但是农民似乎不对这些问题深究。他们觉得故事就是这样的故事，她就是水母娘娘，无须讨论。看来我只好一直糊涂下去了。

中国的百姓——主要是农民，对若干神圣都有和统治者不尽相同的看法，并且往往编出一些对诸神不大恭敬的故事，这是很有意思的事。比如灶王爷。汉朝不知道为什么把“祀灶”搞得那样乌烟瘴气，汉武帝相信方士的鬼话，相信“祀灶可以致物”（致什么“物”呢？），而且“黄金可成，不死之药可至”。这纯粹是胡说八道。后来不知道怎么一来，灶王爷又和人的生死搭上了关系，成了“东厨司命定福灶君”。但是民间的说法殊不同。在北方的农民的传说里，灶王爷是有名有姓的，他姓张，名叫张三（你听听这名字！），而且这人是没出息的，他因为做了什么见不得人的事（什么事，我忘了）钻进灶火里，弄得一身一脸乌漆墨黑，这才成了灶王。可惜我记性不好，对这位张三灶王爷的全部事迹已经模糊了。异日有暇，当来研究研究张三兄。

或曰：研究这种题目有什么意义，这和四个现代化有何关系？有的！我们要了解我们这个民族。

一九八四年六月二十三日

葵·薤

小时读汉乐府《十五从军征》，非常感动。

> 十五从军征，八十始得归。道逢乡里人，家中有阿谁？遥望是君家，松柏冢累累。兔从狗窦入，雉从梁上飞。中庭生旅谷，井上生旅葵。舂谷持作饭，采葵持作羹。羹饭一时熟，不知贻阿谁。出门东向望，泪落沾我衣。

诗写得平淡而真实，没有一句迸出呼天抢地的激情，但是惨切沉痛，触目惊心。词句也明白如话，不事雕饰，真不像是两千多年前的人写出的作品，一个十来岁的孩子也完全能读懂。我未从过军，接触这首诗的时候，也还没有经过长久的乱离，但是不止一次为这首诗流了泪。

然而有一句我不明白，“采葵持作羹”。葵如何可以为羹呢？我的家乡人只知道向日葵，我们那里叫作“葵花”。这东西怎么能做羹呢？用它的叶子？向日葵的叶子我是很熟悉的，很大，叶面很粗，有毛，即使是把它切碎了，加了油盐，煮熟之后也还是很难下咽的。另外有一种秋葵，开淡黄色薄瓣的大花，叶如鸡脚，又名鸡爪葵。这东西也似不能做羹。还有一种蜀葵，又名锦葵，内蒙古、山西一带叫作“蜀蓟”。我们那里叫作端午花，因为在端午节前后盛开。我从来也没听说过端午花能吃，——包括它的叶、茎和花。后来我在济南的山东博物馆的庭院里看到一种戎葵，样子有点像秋葵，开着耀眼的朱红的大花，红得简直吓人一跳。

我想，这种葵大概也不能吃。那么，持以作羹的葵究竟是一种什么东西呢？

后来我读到吴其濬的《植物名实图考长编》和《植物名实图考》。吴其濬是个很值得叫人佩服的读书人。他是嘉庆进士，自翰林院修撰官至湖南等省巡抚。但他并没有只是做官，他留意各地物产丰瘠与民生的关系，依据耳闻目见，辑录古籍中有关植物的文献，写成了《长编》和《图考》这样两部巨著。他的著作是我国十九世纪植物学极重要的专著。直到现在，西方的植物学家还认为他绘的画十分精确。吴其濬在《图考》中把葵列为蔬类的第一品。他用很激动的语气，几乎是大声疾呼，说葵就是冬苋菜。

然而冬苋菜又是什么呢？我到了四川、江西、湖南等省才见到。我有一回住在武昌的招待所里，几乎餐餐都有一碗绿色的叶菜做的汤。这种菜吃到嘴是滑的，有点像莼菜。但我知道这不是莼菜，因为我知道湖北不出莼菜，而且样子也不像。我问服务员："这是什么菜？"——"冬苋菜！"第二天我过到一个巷子，看到有一个年轻的妇女在井边洗菜。这种菜我没有见过。叶片圆如猪耳，颜色正绿，叶梗也是绿的。我走过去问她洗的这是什么菜，——"冬苋菜！"我这才明白：这就是冬苋菜，这就是葵！那么，这种菜作羹正合适，——即使是旅生的。从此，我才算把《十五从军征》真正读懂了。

吴其濬为什么那样激动呢？因为在他成书的时候，已经几乎没有人知道葵是什么了。

蔬菜的命运，也和世间一切事物一样，有其兴盛和衰微，提起来也可叫人生一点感慨。葵本来是中国的主要蔬菜。《诗·豳风·七月》："七月烹葵及菽"，可见其普遍。后魏《齐民要术》

以《种葵》列为蔬菜第一篇。“采葵莫伤根”，“松下清斋折露葵”，时时见于篇咏。元代王祯的《农书》还称葵为“百菜之王”。不知怎么一来，它就变得不行了。明代的《本草纲目》中已经将它列入草类，压根儿不承认它是菜了！葵的遭遇真够惨的！到底是什么原因呢？我想是因为后来全国普遍种植了大白菜。大白菜取代了葵。齐白石题画中曾提出“牡丹为花之王，荔枝为果之王，独不论白菜为菜中之王，何也？”其实大白菜实际上已经成了“菜之王”了。

幸亏南方几省还有冬苋菜，否则吴其濬就死无对证，好像葵已经绝了种似的。吴其濬是河南固始人，他的家乡大概早已经没有葵了，都种了白菜了。他要是不到湖南当巡抚，大概也弄不清葵是啥。吴其濬那样激动，是为葵鸣不平。其意若曰：葵本是菜中之王，是很好的东西；它并没有绝种！它就是冬苋菜！您到南方来尝尝这种菜，就知道了！

北方似乎见不到葵了。不过近几年北京忽然卖起一种过去没见过的菜：木耳菜。你可以买一把来，做个汤，尝尝。葵就是那样的味道，滑的。木耳菜本名落葵，是葵之一种，只是葵叶为绿色，而木耳菜则带紫色，且叶较尖而小。

由葵我又想到薤。

我到内蒙古去调查抗日战争时期游击队的材料，准备写一个戏。看了好多份资料，都提到部队当时很苦，时常没有粮食吃，吃“荄荄”，下面多于括号中注明“（音‘害害’）”我想：“荄荄”是什么东西？再说“荄”读 gài，也不读“害”呀！后来在草原上有人给我找了一棵实物，我一看，明白了：这是薤。薤音 xiè 。内蒙古、山西人每把声母为 x 的字读成 h 母，又好用叠字，所以把“薤”念成了“害害”。

薤叶极细。我捏着一棵薤，不禁想到汉代的挽歌《薤露》，“薤上露，何易晞，露晞明朝还复落，人死一去何时归？”不说葱上露、韭上露，是很有道理的。薤叶上实在挂不住多少露水，太易“晞”掉了。用此来比喻人命的短促，非常贴切。同时我又想到汉代的人一定是常常食薤的，故而能近取譬。

北方人现在极少食薤了。南方人还是常吃的。湖南、湖北、江西、云南、四川都有。这几省都把这东西的鳞茎叫作“藠头”。“藠”音“叫”。南方的年轻人现在也有很多不认识这个藠字的。我在韶山参观，看到说明材料中提到当时用的一种土造的手榴弹，叫作“洋藠古”，一个讲解员就老实不客气地读成“洋晶古”。湖南等省人吃的藠头大都是腌制的，或入醋，味道酸甜；或加辣椒，则酸甜而极辣，皆极能开胃。

南方人很少知道藠头即是薤的。

北方城里人则连藠头也不认识。北京的食品商场偶尔从南方运了藠头来卖，趋之若鹜的都是南方几省的人。北京人则多用不信任的眼光端详半天，然后望望然而去之。我曾买了一些，请几位北方同志尝尝，他们闭着眼睛嚼了一口，皱着眉头说：“不好吃！——这哪有糖蒜好哇！”我本想长篇大论地宣传一下藠头的妙处，只好咽回去了。

哀哉，人之成见之难于动摇也！

我写这篇随笔，用意是很清楚的。

第一，我希望年轻人多积累一点生活知识。古人说诗的作用：可以观，可以群，可以怨，还可以多识于草木虫鱼之名。这最后一点似乎和前面几点不能相提并论，其实这是很重要的。草木虫鱼，多是与人的生活密切相关。对于草木虫鱼有兴趣，说明对人也有广泛的兴趣。

第二，我劝大家口味不要太窄，什么都要尝尝，不管是古代的还是异地的食物，比如葵和薤，都吃一点。一个一年到头吃大白菜的人是没有口福的。许多大家都已经习以为常的蔬菜，比如菠菜和莴笋，其实原来都是外国菜。西红柿、洋葱，几十年前中国还没有，很多人吃不惯，现在不是也都很爱吃了么？许多东西，乍一吃，吃不惯；吃吃，就吃出味儿来了。

你当然知道，我这里说的，都是与文艺创作有点关系的问题。

一九八四年六月二十七日

注释

原载《北京文学》一九八四年第十一期。

云南茶花

很多地方在选市花，这是好事。想一想十年大乱时期，公园都成了菜园，现在真是大不相同了。选市花，说明人们有了闲情逸致。人有闲情逸致，说明国运昌隆。

有些市的市民对市花有不同意见，一时定不下来。昆明的市花是不会有争议的。如果市民投票，一定会一致通过：茶花。几十年前昆明就选过一次（那时别的市还没有选举市花之风）。现在再选，还会维持原议。

云南茶花，——滇茶，久负盛名。

张岱《陶庵梦忆·逍遥楼》云："滇茶故不易得，亦未有老其材八十余年者。朱文懿公逍遥楼滇茶，为陈海樵先生手植，扶疏蓊

画茶花不师陈白阳，几无可法，奈何奈何。
曾祺

翳，老而愈茂。诸文孙恐其力不胜葩，岁删其萼盈斛，然所遗落枝头，犹自燔山熠谷焉。”

鲁迅说张岱的文章每多夸张。这一篇看起来也像有些夸张，但并不，而且写得极好，得滇茶之神理。

昆明西山华亭市有一棵大茶花。走进山门，越过站着四大金刚的门道，一抬头便看见通红的一大片。是得抬头的，因为茶花非常高大。华亭市大雄宝殿前的石坪是很大的，这棵茶花几乎占了石坪的一小半。花皆如汤碗大，一朵一朵，像烧得炽旺的火球。张岱说滇茶“燔山熠谷”，是一点不错的。据说这棵茶花每年能开三百来朵。满树黑绿肥厚的大叶子衬托着，更显得热闹非常。这才真叫作大红大绿。这样的大红大绿显出一种强壮的生命力。华贵之极，却毫不俗气。这是一个夺人眼目的大景致。如果我的同乡人来看了，一定会大叫一声“乖乖隆的咚”。我不知道寺里的和尚是不是也“岁删其萼盈斛”，但是他们是怕这棵茶花负担不起这样多的大花的，便搭了一个杉木的架子，撑着四围的枝条。昆明茶花到处都有，而华亭市的这一棵，大概要算最大的。

茶花的好处是花大，色浓，花期长，而树本极能耐久。华亭市的茶花大概已经不止八十年了。

江西井冈山一带有一个风俗。人家生了孩子，孩子过周岁时，亲戚朋友送礼，礼物上都要放一枝带叶子的油茶。油茶常绿，越冬不凋，而且开了花就结果；茶果未摘，接着就开花。这是取一个吉兆，祝福这孩子活得像油茶一样强健。一个很美的风俗。我不知道油茶和山茶有没有亲属关系，我在思想上是把它们归为一类的。凡茶之类，都很能活。

中国是茶花的故乡。茶花分滇茶、浙茶。浙茶传到日本，又由日本传到美国。现在日本的浙茶比中国的好，美国的比日本的好。只有云南滇茶现在还是世界第一。

前几年，江西山里发现黄茶花，这是国宝。如果栽培成功，是可以换外汇的。

茶花女喜欢戴的是什么茶花？大概不是滇茶，滇茶太大。我想是浙茶。而且无端地觉得，是白的。

一九八六年十月二十日

注释

原载《北方文学》一九八七年第一期。

花

荷 花

我们家每年要种两缸荷花，种荷花的藕不是吃的藕，要瘦得多，节间也长，颜色黄褐，叫作“藕秧子”。在缸底铺一层马粪，厚约半尺，把藕秧子盘在马粪上，倒进多半缸河泥，晒几天，到河泥坼裂有缝，倒两担水，将平缸沿。过个把星期，就有小荷叶嘴冒出来。过几天荷叶长大了，冒出花骨朵了。荷花开了，露出嫩黄的小莲蓬，很多很多花蕊。清香清香的。荷花好像说：“我开了。”

荷花到晚上要收朵。轻轻地合成一个大骨朵。第二天一早，又放开。荷花收了朵，

万古虚空，一朝风月。 丙子汪曾祺

就该吃晚饭了。

下雨了。雨打在荷叶上啪啪地响。雨停了，荷叶面上的雨水水银似的摇晃。一阵风，荷叶倾倒，雨水流泻下来。

荷叶的叶面为什么不沾水呢？

荷叶粥和荷叶粉蒸肉都很好吃。

荷叶枯了。

下大雪，荷花缸中落满了雪。

报春花·勿忘我

昆明报春花到处都有。圆圆的小叶子，柔软的细梗子，淡淡的紫红色的成簇的小花。田埂的两侧开得满满的，谁也不把它当作“花”。连根挖起来，种在浅盆里，能活。这就是翻译小说里常常提到的樱草。

偶然在北京的花店里看到十多盆报春花，种在青花盆里，标价相当贵，不禁失笑。昆明人如果看到，会说：“这也卖？”

Forget-me-not——勿忘我，名字很有诗意，花实在并不好看。草本，矮棵，几乎是贴地而生的。抽条颇多，一丛一丛的。灰绿色的布做的似的皱皱的叶子。花甚小，附茎而开，颜色正蓝。蓝色很正，就像国画颜色中的“三蓝”。花里头像这样纯正的蓝色的还很少见，——一般蓝色的花都带点紫。

为什么西方人把这种花叫作Forget-me-not呢？是不是思念是蓝色的？

昆明人不管它什么勿忘我，什么Forget-me-not，叫它“狗屎花”！

这叫西方的诗人知道，将谓大煞风景。

绣　球

绣球，周天民编绘的《花卉画谱》上说：

> 绣球，虎儿草科，落叶灌木，高达一二丈，干皮带皱。叶大椭圆形，边缘有锯齿。春月开花，百朵成簇，如球状而肥大。小花五出深裂，瓣端圆，有短柄，其色有淡紫、红、白。百株成簇，俨如玉屏。

我始终没有分清绣球花的小花到底是几瓣，只觉得是分不清瓣的一个大花球。我偶尔画绣球，也是以意为之地画了很多簇在一起的花瓣，哪一瓣属于哪一朵小花，不管它！

绣球花是很好养的，不需要施肥，也不要浇水，不用修枝，也少长虫，到时候就开出一球一球很大的花，白得像雪，非常灿烂。这花是不耐细看的，只是赫然地在你眼前轻轻摇晃。

我以前看过的绣球都是白的。

我有个堂房的小姑妈——她比我才大一岁。绣球花开的时候，她就折了几大球，插在一个白瓷瓶里，她在花下面写小字。

她是订过婚的。

听说她婚后的生活很不幸，我那位姑父竟至动手打她。

前年听说，她还在，胖得不得了。

绣球花云南叫作“粉团花”。民歌里有用粉团花来形容女郎长得好看的。用粉团花来形容女孩子，别处的民歌似还没有见过。

我看过的最好的绣球是在泰山。泰山人养绣球是一种风气。一个茶馆里的院子里的石凳上放着十来盆绣球，开得极好。盆面一层厚厚的喝剩的茶叶。是不是绣球宜浇残茶？泰山盆栽的绣球花头较小，花瓣较厚，瓣作豆绿色。这样的绣球是可以细看的。

杜鹃花

淡淡的三月天，
杜鹃花开在山坡上，
杜鹃花开在小溪旁，
多美丽哦。
乡村家的小姑娘，

乡村家的小姑娘。

这是抗日战争期间昆明的小学生很爱唱的一首歌。董林肯词，徐守廉曲。这是一首曲调明快的抒情歌，很好听。不单小学生爱唱，中学生也爱唱，大学生也有爱唱的，因为一听就记住了。

董林肯和徐守廉是同济大学的学生，原来都是育才中学毕业的。育才中学是全面培养学生才能的，而且是实行天才教育的学校。学生多半有艺术修养。董林肯、徐守廉都是学工的（同济大学是工科大学），但都对艺术有很虔诚的兴趣，因此能写词谱曲。

我是怎么认识他们俩的呢？因为董林肯主办了班台莱耶夫的《表》的演出，约我去给演员化妆，我到同济大学的宿舍里去见他们，认识了。那时在昆明，只要有艺术上的共同爱好，有人一

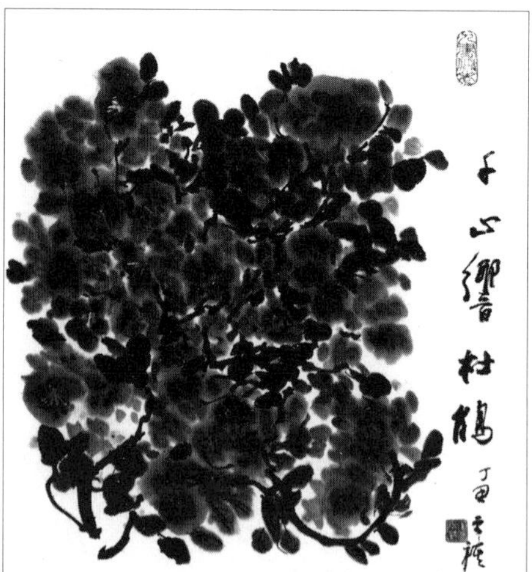

千山响杜鹃　丁丑曾祺

介绍，就会熟起来的。

董林肯为什么要主持《表》的演出？我想是由于在昆明当时没有给孩子看的戏。他组织这次演出是很辛苦的，而且演戏总有些叫人头疼的事，但是还是坚持了下来。他不图什么，只是因为有一颗班台莱耶夫一样的爱孩子的心。

我记得这个戏的导演是劳元干。演员里我记得演监狱看守的，是刺杀孙传芳的施剑翘的弟弟，他叫施什么我已经忘记了。他是个身材魁梧的胖子。我管化妆，主要是给他贴一个大人丹胡子。有当时有中国秀兰·邓波儿之称的小明星，长大后曾参与搜集整理《阿诗玛》，现在写小说、散文的女作家刘绮。有一次，不知为什么，剧团内部闹了意见，戏几乎开不了场，刘绮在后台大哭。刘绮一哭，事情就解决了。

刘绮，有这回事么？

前几年我重到昆明，见到刘绮。她还能看出一点小时候的模样。不过，听说已经当了奶奶了。

不知道为什么，我有时还会想起董林肯和徐守廉。我觉得这是两个对艺术的态度极其纯真，像我前面所说的，虔诚的人。他们身上没有一点明星气、流氓气。这是两个通身都是书卷气的搞艺术的人。

淡淡的三月天，
杜鹃花开在山坡上，
杜鹃花开在小溪旁……

木香花

我的舅舅家有一架木香花。木香花开，我们就揪下几撮，——木香柄长，似海棠，梗蒂着枝，一揪，可揪下一撮，养在浅口瓶里，可经数日。

木香亦称“锦栅儿”，枝条甚长。从运河的御码头上船，到快近车逻，有一段，两岸全是木香，枝条伸向河上，搭成了一个长约一里的花棚。小轮船从花棚下开过，如同仙境。

前几年我回故乡一次，说起这一段运河两岸的木香花棚，谁也不知道。我有点怀疑：我是不是做梦？

昆明木香花极多。观音寺南面，有一道水渠，渠的两沿，密密地长了木香。

我和朱德熙曾于大雨少歇之际，到莲花池闲步。雨又下起来了，我们赶快到一个小酒馆避雨。要了两杯市酒（昆明的绿陶高杯，可容三两），一碟猪头肉，坐了很久。连日下雨，墙脚积苔甚厚。檐下的几只鸡都缩着一脚站着。天井里有很大的一棚木香花，把整个天井都盖满了。木香的花、叶、花骨朵，都被雨水湿透，都极肥壮。

四十年后，我写了一首诗，用一张毛边纸写成一个斗方，寄给德熙：

莲花池外少行人，
野店苔痕一寸深。
浊酒一杯天过午，
木香花湿雨沉沉。

德熙很喜欢这幅字，叫他的儿子托了托，配一个框子，挂在他的书房里。

德熙在美国病逝快半年了，这幅字还挂在他在北京的书房里。

一九九三年一月二十九日

注释

原载《收获》一九九三年第四期。

果园的收获

这是一个地区性的综合的农业科学研究所的供实验研究用的果园，规模不大，但是水果品种颇多。有些品种是外面见不到的。

山西、张家口一带把苹果叫果子。不是所有的水果都叫果子，只有苹果叫果子。有个山西梆子唱“红”（即老生）的演员叫丁果仙，山西人称她为“果子红”（她是女的）。山西人非常喜爱果子红，听得过瘾，就大声喊叫“果果！”这真是有点特别，给演员喝彩，不是鼓鼓掌，或是叫一声“好”，而是大叫“果果”，我还没有见过。叫“果果”，大概因为丁果仙的嗓音唱法甜、美、浓、脆。

这个实验果园一般的苹果都有，有的品种，黄元帅、金皇后、黄魁、红香蕉……这些都比较名贵，但我觉得都有点贵族气，果肉过于细腻，而且过于偏甜。水果品种栽培各论，记录水果的特点，大都说是“酸甜合度”，怎么叫“合度”，很难捉摸。

我比较喜欢的是国光、红玉，因为它有点酸头。我更喜欢国光，因果肉脆，一口咬下去，嘎巴一声，而且耐保鲜，因为果皮厚，果汁不易蒸发。秋天收的国光，储存到过春节，从地窖里取出来，还是像新摘的一样。

我在果园劳动的时候，“红富士”还没有，后来才引进推广。“红富士”固自佳，现在已经高踞苹果的榜首。

有人警告过我，在太原街上，千万不能说果子红不好。只要说一句，就会招了一大群人围上来和你辩论。碰不得的！

果园品种最多的是葡萄，大概有四十几种。“柔丁香”“白香蕉”是名种。“柔丁香”有丁香香味，“白香蕉”味如香蕉，这在市面上买不到，是每年留下来给“首长”送礼的。有些品种听名字就知道是从国外引进的：“黑罕”“巴勒斯坦”“白拿破仑”……有些最初也是外来的（葡萄本都是外来的，但在中国落户已久，曹操就作文赞美过葡萄），日子长了，名字也就汉化了，如“大粒白”“马奶子”“玫瑰香”，甚至连它们的谱系也难于查考了。

葡萄的果粒大小形状各异。“玫瑰香”的果枝长，显得披头散发；有一种葡萄，我忘记了叫什么名字了，果粒小而密集，一粒一粒挤得紧紧的，一穗葡萄像一个白马牙老玉米棒子。葡萄里我最喜欢的还是玫瑰香，确实有一股玫瑰花的香味，入口浓甜。

现在市上能买到的“玫瑰香”已退化失真。

葡萄喜肥，喜水。施的肥是大粪。挨着葡萄根，在后面挖一个长槽，把粪倒入进去。一棵大葡萄得倒三四桶，小棵的一桶也够了。“农家肥”之外，还得下人工肥，硫氨。葡萄喝水，像小孩子喝奶一样，使劲地嘬。葡萄藤中通有小孔，水可从地面一直吮到藤顶，你简直可以听到它吸水的声音。喝足了水，用小刀划破它一点皮，水就从皮破处沁出滴下。一般果树浇水，都是在树下挖一个“树碗”，浇一两担水就足矣，葡萄则是“漫灌”。这家伙，真能喝水！

有一年，结了一串特大的葡萄，“大粒白”。大粒白本来就结得多，多的可达七八斤。这串大粒白竟有二十四五斤。原来是一个技术员把两穗“靠接”在一起了。这串葡萄只能作展览用。大粒白果大如乒乓球，但不好吃。为了给这串葡萄增加营养，竟给它注射了葡萄糖！给葡萄注射葡萄糖，这简直是胡闹。这是“大跃进”那年的事。“大跃进”整个是一场胡闹。

葡萄一天一个样，一天一天接近成熟，再给它透透地浇一水，喷一次波尔多液（葡萄要喷多次波尔多液——硫酸铜兑石灰水，为了防治病害），给它喝一口“离娘奶”，备齐果筐、剪子，就可以收葡萄了。葡萄装筐，要压紧。得几个壮汉跳上去压。葡萄不怕压，怕压不紧，怕松。装筐装松了，一晃逛，就会破皮掉粒。水果装筐都是这样。

最怕葡萄收获的时候下雹子。有一年，正在葡萄透熟的时候下了一场很大的雹子，“蛋打一条线”——山西、张家口称雹子为“冷蛋”，齐刷刷地把整园葡萄都打落下来，满地狼藉，不可收拾。干了一年，落得这样的结果，真是叫人伤心。

梨之佳种为“二十世纪明月”，为“日面红”。“二十世纪明月”个儿不大，果皮玉色，果肉细，无渣，多汁，果味如蜜。“日面红”朝日的一面色如胭脂，背阳的一面微绿，入口酥脆。其他大部分是鸭梨。

杏树不甚为人重视，只于地头、“四基”、水边、路边种之。杏怕风。一树杏花开得正热闹，一阵大风，零落殆尽。农科所杏多为黄杏，“香白杏”“杏儿——吧嗒”没有。

我一九五八年在果园劳动，距今已经三十八年。前十年曾到农科所看了看，熟人都老了。在渠沿碰到张素花和刘美兰，我们以前是天天在一起劳动的。我叫她们，刘美兰手搭凉棚，眯了眼，问：“是不是个老汪？”问刘美兰现在还老跟丈夫打架吗（两口子过去老打），她说：“偓（她是柴沟堡人，“我”字念成偓）都当了奶奶了！”

日子过得真快。

一九九六年四月九日

桂　花

桂花以多为胜。《红楼梦》薛蟠的老婆夏金桂家“单有几十顷地种桂花”，人称“桂花夏家”。“几十顷地种桂花”，真是一个大观！四川新都桂花甚多。杨升庵祠在桂湖，环湖植桂花，自山坡至水湄，层层叠叠，都是桂花。我到新都谒升庵祠，曾作诗：

桂湖老桂发新枝，
湖上升庵旧有祠。
一种风流谁得似，
状元词曲罪臣诗。

杨升庵是才子，以一甲一名中进士，著作有七十种。他因“议大礼”获罪，充军云南，七十余岁，客死于永昌。陈老莲曾画过他的像，“醉则簪花满头”，面色酡红，是喝醉了的样子。从陈老莲的画像看，升庵是个高个儿的胖子。但陈老莲恐怕是凭想象画的，未必即像升庵。新都人为他在桂湖建祠，升庵死若有知，亦当欣慰。

北京桂花不多，且无大树。颐和园有几棵，没有什么人注意。我曾在藻鉴堂小住，楼道里有两棵桂花，是种在盆里的，不到一人高！

我建议北京多种一点桂花。桂花美荫，叶坚厚，入冬不凋。开花极香浓，干制可以做元宵馅、年糕。既有观赏价值，也有经济价值，何乐而不为呢？

桂湖老桂发新枝，湖上升庵旧有祠。
一种风流谁得似，状元词曲罪臣诗。
丙子中秋前数日　汪曾祺

菊 花

秋季广交会上摆了很多盆菊花。广交会结束了，菊花还没有完全开残。有一个日本商人问管理人员："这些花你们打算怎么处理？"答云："扔了！"——"别扔，我买。"他给了一点钱，把开得还正盛的菊花全部包了，订了一架飞机，把菊花从广州空运到日本，张贴了很大的海报："中国菊展"。卖门票，参观的人很多。他捞了一大笔钱。这件事叫我有两点感想：一是日本商人真有商业头脑，任何赚钱的机会都不放过，我们的管理人员是老爷，到手的钱也抓不住。二是中国的菊花好，能得到日本人的赞赏。

中国人长于艺菊，不知始于何年，全国有几个城市的菊花都负盛名，如扬州、镇江、合肥，黄河以北，当以北京为最。

菊花品种甚多，在众多的花卉中也许是最多的。

首先，有各种颜色。最初的菊大概只有黄色的。"鞠有黄华""零落黄花满地金"，"黄华"和菊花是同义词。后来就发展到什么颜色都有了。黄色的、白色的、紫的、红的、粉的，都有。挪威的散文家别伦·别尔生说各种花里只有菊花有绿色的，也不尽然，牡丹、芍药、月季都有绿的，但像绿菊那样绿得像初新的嫩蚕豆那样，确乎是没有。我几年前回乡，在公园里看到一盆绿菊，花大盈尺。

其次，花瓣形状多样，有平瓣的、卷瓣的、管状瓣的。在镇江焦山见过一盆"十丈珠帘"，细长的管瓣下垂到地，说"十丈"当然不会，但三四尺是有的。

北京菊花和南方的差不多，狮子头、蟹爪、小鹅、金背大红……南北皆相似，有的连名字也相同。如一种浅红的瓣，极细而卷曲如一头乱发的，上海人叫它“懒梳妆”，北京人也叫它“懒梳妆”，因为得其神韵。

有些南方菊种北京少见。扬州人重“晓色”，谓其色如初日晓云，北京似没有。“十丈珠帘”，我在北京没见过。“枫叶芦花”，紫平瓣，有白色斑点，也没有见过。

我在北京见过的最好的菊花是在老舍先生家里。老舍先生每年要请北京市文联、文化局的干部到他家聚聚，一次是腊月，老舍先生的生日（我记得是腊月二十三）；一次是重阳节左右，赏菊。老舍先生的哥哥很会莳弄菊花。花很鲜艳；菜有北京特点（如芝麻酱炖黄花鱼、“盒子菜”）；酒“敞开供应”，既醉既饱，至今不忘。

我不赞成搞菊山菊海，让菊花都按部就班，排排坐，或挤成一堆，闹闹嚷嚷。菊花还是得一棵一棵地看，一朵一朵地看。更不赞成把菊花缚扎成龙、成狮子，这简直是糟蹋了菊花。

秋葵·鸡冠·凤仙·秋海棠

秋葵我在北京没有见过，想来是有的。秋葵是很好种的，在篱落、石缝间随便丢几个种子，即可开花。或不烦人种，也能自己开落。花瓣大，花浅黄，淡得近乎没有颜色，瓣有细脉，瓣内侧近花心处有紫色斑。秋葵风致楚楚，自甘寂寞。不知道为什么，秋葵让我想起女道士。秋葵亦名鸡脚葵，以其叶似鸡爪。

我在家乡县委招待所见一大丛鸡冠花，高过人头，花大如扫地笤帚，颜色深得吓人一跳。北京鸡冠花未见有如此之粗野者。

凤仙花可染指甲，故又名指甲花。凤仙花捣烂，入少矾，敷于指尖，即以凤仙叶裹之，隔一夜，指甲即红。凤仙花茎可长得很粗，湖南人或以入臭坛腌渍，以佐粥，味似臭苋菜秆。

秋海棠北京甚多，齐白石喜画之。齐白石所画，花梗颇长，这在我家那里叫作“灵芝海棠”。

诸花多为五瓣，唯秋海棠为四瓣。北京有银星海棠，大叶甚坚厚，上洒银星，秆亦高壮，简直近似木本。我对这种孙二娘似的海棠不大感兴趣。我所不忘的秋海棠总是伶仃瘦弱的。

我的生母得了肺病，怕“过人”——传染别人，独自卧病，在一座偏房里，我们都叫那间小屋为“小房”。她不让人去看她，我的保姆要抱我去让她看看，她也不同意。因此我对我的母亲毫无印象。她死后，这间“小房”成了堆放她的嫁妆的储藏室，成年锁着。我的继母偶尔打开，取一两件东西，我也跟了进去。“小房”外面有一个小天井，靠墙有一个秋叶形的小花坛，不知道是谁种了两三棵秋海棠，也没有人管它，它在秋天竟也开花。花色苍白，样子很可怜。不论在哪里，我每看到秋海棠，总要想起我的母亲。

黄栌·爬山虎

霜叶红于二月花。

西山红叶是黄栌，不是枫树。我觉得不妨种一点枫树，这样颜色更丰富些。日本枫娇红可爱，可以引进。

近年北京种了很多爬山虎，入秋，爬山虎叶转红。

沿街的爬山虎红了。

北京的秋意浓了。

一九九六年中秋

注释

原载一九九六年十月二十八日《北京晚报》。

木芙蓉

浙江永嘉多木芙蓉。市内一条街边有一棵，干粗如电线杆，高近二层楼，花多而大，他处少见。楠溪江边的村落，村外、路边的茶亭（永嘉多茶亭，供人休息、喝茶、聊天）檐下，到处可以看见芙蓉。芙蓉有一特别处，红白相间。初开白色，渐渐一边变红，终至整个的花都是桃红的。花期长，掩映于手掌大的浓绿的叶丛中，欣然有生意。

我曾向永嘉市领导建议，以芙蓉为永嘉市花，市领导说永嘉已有市花，是茶花。后来听说温州选定茶花为温州市花，那么永嘉

永嘉多芙蓉，小河边茶亭畔随处皆有。
丙子深秋汪曾祺

恐怕得让一让。永嘉让出茶花，永嘉市花当另选。那么，芙蓉被选中，还是有可能的。

永嘉为什么种那么多木芙蓉呢？问人，说是为了打草鞋。芙蓉的树皮很柔韧结实，剥下来撕成细条，打成草鞋，穿起来很舒服，且耐走长路，不易磨通。

现在穿树皮编的草鞋的人很少了，大家都穿塑料凉鞋、旅游鞋。但是到处都还在种木芙蓉，这是一种习惯。于是芙蓉就成了永嘉城乡一景。

南瓜子豆腐和皂角仁甜菜

在云南腾冲吃了一道很特别的菜。说豆腐脑不是豆腐脑，说鸡蛋羹不是鸡蛋羹。滑、嫩、鲜，色白而微微带点浅绿，入口清香。这是豆腐吗？是的，但是用鲜南瓜子去壳磨细“点”出来的。很好吃。中国人吃菜真能别出心裁，南瓜子做成豆腐，不知是什么朝代，哪一位美食家想出来的！

席间还有一道甜菜，冰糖皂角米。皂角我的家乡颇多。一般都用来泡水，洗脸洗头，代替肥皂。皂角仁蒸熟，妇女绣花，把线在皂仁上“光”一下，绒不散，且光滑，便于入针。没有吃它的。到了昆明，才知道这东西可以吃。昆明过去有专卖蒸菜的饭馆，蒸鸡、蒸排骨，都放小笼里蒸，小笼垫底的是皂角仁，蒸得了晶莹透亮，嚼起来有韧劲，好吃。比用红薯、土豆衬底更有风味。但知道可以做甜菜，却是在腾冲。这东西很滑，进口略不停留，即入肠胃。我知道皂角仁的“物性”，警告大家不可多吃。一位老兄吃得口爽，弄了一饭碗，几口就喝了。未及终席，他就奔赴厕所，飞流直下起来。

皂角仁卖得很贵，比莲子、桂圆、西米都贵，只有卖干果、山珍的大食品店才有得卖，普通的副食店里是买不到的。

近几年时兴“皂角洗发膏”，皂角恢复了原来的功能，这也算是“以故为新”吧。

车前子

车前子的样子很有趣。叶贴地而长，近卵形，有长柄。在自由伸向四面的叶丛中央抽出细长的花梗，顶端有穗形花序，直立着。穗不多，少的只有一穗。画家常画之为点缀。程十发即喜画。动画片中好像少不了它。不知道为什么，这东西有一种童话情趣。

车前子可利小便，这是很多农民都知道的。

张家口的山西梆子剧团有一个唱“红”（老生）的演员，经常在几县的“堡”（张家口人称镇为“堡”）演唱，不受欢迎，农民给他起了个外号：“车前子”。怎么给他起了这么个外号呢？因为他一出台，农民观众即纷纷起身上厕所，这位“红”利小便。

这位唱“红”的唱得起劲，观众就大声喊叫：“快去，快，赶紧拿咸菜！”这又是怎么回事呢？吃白薯吃得太多了，烧心反胃，嚼一块咸菜就好了。这位演员的嗓音叫人听起来烧心。

农民有时是很幽默的。

搞艺术的人千万不能当“车前子”，不能叫人烧心反胃。

紫穗槐

在戴了“右派分子”的帽子以后，我曾经被发到西山种树。在石多土少的山头用镢头刨坑。实际上是在石头上硬凿出一个一个的树坑来，再把凿碎的砂石填入，用九齿耙耧平。山上寸土寸金，树坑就山势而凿，大小形状不拘。这是个非常重的活。我成了右派后所从事的劳动，以修十三陵水库和这次西山种树的活最重。那真是玩了命。

一早，就上山，带两个干馒头、一块大腌萝卜。顿顿吃大腌萝卜，这不是个事。已经是秋天了，山上的酸枣熟了，我们摘酸枣吃。草里有蝈蝈，烧蝈蝈吃！蝈蝈得是三尾的，腹大，多子。一会儿就能捉半土筐。点一把火，把蝈蝈往火里一倒，噼噼剥剥，熟了。咬一口大腌萝卜，嚼半个烧蝈蝈，就馒头，香啊。人不管走到哪一步，总得找点乐子，想一点办法，老是愁眉苦脸的，干吗呢！

我们刨了坑，放着，当时不种，得到明年开了春，再种。据说要种的是紫穗槐。

紫穗槐我认识，枝叶近似槐树，抽条甚长，初夏开紫花，花似紫藤而颜色较紫藤深，花穗较小，瓣亦稍小。风摇紫穗，姗姗可爱。

紫穗槐的枝叶皆可为饲料，牲口爱吃，上膘。条可编筐。

刨了约二十多天树坑，我就告别西山八大处回原单位等候处理，从此再也没有上过山。不知道我们刨的那些坑里种上紫穗槐了没有。再见，紫穗槐！再见，大腌萝卜！再见，蝈蝈！

阿格头子灰背青

敕勒川，

阴山下。

天似穹庐，

笼盖四野。

天苍苍，

野茫茫，

风吹草低见牛羊。

北齐斛律金这首用鲜卑语唱的歌公认是北朝乐府的杰作，写草原诗的压卷之作，苍茫雄浑，前无古人，后无来者。一千多年以来，不知道有多少“南人”，都从“风吹草低见牛羊”一句诗里感受到草原景色，向往不已。

但是这句诗有夸张成分，是想象之词。真到草原去，是看不到这样的景色的。我曾四下内蒙古，到过呼伦贝尔草原、达茂旗的草原、伊克昭盟的草原，还到过新疆的唐巴拉牧场，都不曾见过“风吹草低见牛羊”。张家口坝上沽源的草原的草，倒是比较高，但也藏不住牛羊。论好看，要数沽源的草原好看。草很整齐，叶细长，好像梳过一样，风吹过，起伏摇摆如碧浪。这种草是什么草？问之当地人，说是“碱草”，我怀疑这可能是“草菅人命”的“菅”。“碱草”的营养价值不是很高。

营养价值高的牧草有阿格头子、灰背青。

陪同我们的老曹唱他的爬山调：

阿格头子灰背青，
四十五天到新城。

他说灰背青，叶子青绿而背面是灰色的。“阿格头子”是蒙古话。他拔起两把草叫我们看，且问一个牧民：

“这是阿格头子吗？”

“阿格！阿格！”

这两种草都不高，也就三四寸，几乎是贴地而长。叶片肥厚而多汁。

“阿格头子灰背青，四十五天到新城。”老曹年轻时拉过骆驼，从呼和浩特驮货到新疆新城，一趟得走四十五天。那么来回就得三个月。在多见牛羊少见人的大草原上，拉着骆驼一步一步地走，这滋味真难以想象。

老曹是个有趣的人。他的生活知识非常丰富，大青山的药材、草原上的草，他没有不认识的。他知道很多故事，很会说故事。单是狼，他就能说一整天。都是实在经验过的，并非道听途说。狼怎样逗小羊玩，小羊高了兴，跳起来，过了圈羊的荆笆，狼一口就把小羊叼走了；狼会出痘，老狼把出痘子的小狼用沙埋起来，只露出几个小脑袋；有一个小号兵掏了三只小狼羔子，带着走，母狼每晚上跟着部队，哭，后来怕暴露部队目标，队长说服小号兵把小狼放了……老曹好说，能吃，善饮，喜交游。他在大青山打过游击，山里的堡垒户都跟他很熟，我们的吉普车上下山，他常在路口叫司机停一下，找熟人聊两句，帮他们买拖拉机，解决孩子入学……我们后来拜访了布赫同志，提起老曹，布赫同志说：“他是个红火人。”“红火人”这样的说法，我在别处没有听见过。但是用之于老曹身上，很合适。

老曹后来在呼市负责林业工作。他曾到大兴安岭调查，购买树种，吃过犴鼻子（他说犴鼻子黏性极大，吃下一块，上下牙粘在一起，得使劲张嘴，才能张开。他做了一个当时使劲张嘴的样子，很滑稽）、飞龙。他负责林业时，主要的业绩是在大青山山脚至市中心的大路两侧种了杨树，长得很整齐健旺。但是他最喜爱的是紫穗槐，是个紫穗槐迷，到处宣传紫穗槐的好处。

“文化大革命”，内蒙古大搞“内人党”问题，手段野蛮残酷，是全国少有的重灾区。老曹在劫难逃。他被捆押吊打，打断了踝骨。后经打了石膏，幸未致残，但是走起路来一拐一拐的。他还是那么“红火”，健谈豪饮。

老曹从小家贫，“成分”不高。他拉过骆驼，吃过很多苦。他在大青山打过游击，无历史问题，为什么要整他，要打断他的踝骨？为什么？

美丽的内蒙古大草原

阿格头子灰背青，
四十五天到新城。

花和金鱼

从东珠市口经三里河、河舶厂，过马路一直往东，是一条横街。这是北京的一条老街了。也说不上有什么特点，只是有那么一种老北京的味儿。有些店铺是别的街上没有的。有一个每天卖豆汁儿的摊子，卖焦圈儿、马蹄烧饼，水疙瘩丝切得细得像头发。这一带的居民好像特别爱喝豆汁儿，每天晌午，有一个人推车来卖，车上搁一个可容一担水的木桶，木桶里有多半桶豆汁儿。也不吆喝，到时候就来了，老太太们准备好了坛坛罐罐等着。马路东有一家卖鞭哨、皮条、网绳等等骡车马车上用的各种配件。北京现在大车少了，来买的多是河北人。看了店堂里挂着的挺老长的白色的皮条、两股坚挺的竹子拧成的鞭哨，叫人有点说不出来的感动。有一家铺子在一个高台阶上，门外有一块小匾，写着“惜阴斋”。这是卖什么的呢？我特意上了台阶走进去看了看：是专卖老式木壳自鸣钟、怀表的，兼营擦洗钟表油泥，修配发条、油丝。“惜阴”用之于钟表店，挺有意思，不知是哪位一方名士给写的匾。有一家茶叶店，也有一块匾：“今雨茶庄”（好几个人问过我这是什么意思）。其实这是一家夫妻店，什么“茶庄”！

两口子，有五十好几了，经营了这么个“茶庄”。他们每天的生活极其清简。大妈早起擞炉子，生火，坐水，出去买菜。老爷子扫地，擦拭柜台，端正盆花金鱼。老两口都爱养花、养鱼。鱼是龙睛，两条大红的，两条蓝的（他们不爱什么红帽子、绒球……）。鱼缸不大，漂着笮草。花四季更换。夏天，茉莉、珠兰（熟人来买茶叶，掌柜的会摘几朵鲜茉莉花或一小串珠兰和茶叶包在一起）；秋天，九花（老北京人管菊花叫“九花”）；冬天，水仙、天竺果。我买茶叶都到“今雨茶庄”买，近。我住河舶厂，出胡同口就是。我每次买茶叶，总爱跟掌柜的聊聊，看看他的花。花并不名贵，但养得很有精神。他说：“我不瞧戏，不看电影，就是这点爱好。”

我被打成了右派，就离开了河舶厂。过了十几年，偶尔到三里河去，想看“今雨茶庄”还在不在，没找到。问问老住户，说：“早没有了！”——“茶叶店掌柜的呢？”——“死了！叫红卫兵打死了！”——“干吗打他？”——“说他是小业主；养花养鱼是‘四旧’。老伴没几天也死了，吓死的！”

一九九六年十月二十八日

注释

原载《收获》一九九七年第一期。

紫薇

唐朝人也不是都能认得紫薇花的。《韵语阳秋》卷第十六："白乐天诗多说别花，如《紫薇花诗》云'除却微之见应爱，世间少有别花人'……今好事之家，有奇花多矣，所谓别花人，未之见也。鲍溶作《仙檀花诗》寄袁德师侍御，有'欲求御史更分别'之句，岂谓是邪？"这里所说的"别"是分辨的意思。白居易是能"别"紫薇花的，他写过至少三首关于紫薇的诗。

《韵语阳秋》云：

> 白乐天作中书舍人，入直西省，对紫薇花而有咏曰："丝纶阁下文章

静，钟鼓楼中刻漏长。独坐黄昏谁是伴，紫薇花对紫薇郎。”后又云：“紫薇花对紫薇翁，名目虽同貌不同”，则此花之珍艳可知矣。爪其本则枝叶俱动，俗谓之“不耐痒花”。自五月开至九月尚烂熳，俗又谓之“百日红”。唐人赋咏，未有及此二事者。本朝梅圣俞时注意此花。一诗赠韩子华，则曰：“薄肤痒不胜轻爪，嫩干生宜近禁庐”；一诗赠王景彝，则曰：“薄薄嫩肤搔鸟爪，离离碎叶剪城霞”，然皆著不耐痒事，而未有及百日红者。胡文恭在西掖前亦有三诗，其一云：“雅当翻药地，繁极曝衣天”，注云：“花至七夕犹繁”，似有百日红之意，可见当时此花之盛。省吏相传，咸平中，李昌武自别墅移植于此。晏元献尝作赋题于省中，所谓“得自羊墅，来从召园，有昔日之绛老，无当时之仲文”是也。

对于年轻的读者，需要作一点解释，“紫薇花对紫薇郎”是什么意思。紫薇郎亦作紫微郎，唐代官名，即中书侍郎。《新唐书·百官志二》注“开元元年，改中书省曰紫微省，中书令曰紫微令。”白居易曾为中书侍郎，故自称紫微郎。中书侍郎是要到宫里值班的，独自坐在办公室里，不免有些寂寞，但是这也不是一般人所能谋得到的差事，诗里又透出几分得意。“紫薇花对紫薇郎”，使人觉得有点罗曼蒂克，其实没有。不过你要是有一点罗曼蒂克的联想，也可以。石涛和尚画过一幅紫薇花，题的就是白居易的这首诗。紫薇颜色很娇，画面很美，更易使人产生这是一首情诗的错觉。

从《韵语阳秋》的记载，我们可以知道两件事。一是“爪其本则枝叶俱动”。紫薇的树干的外皮易脱落，露出里面的“嫩肤”，嫩肤上留下外皮脱落后留下的一片一片的青色和白色的云斑。用指甲搔搔树干的嫩肤，确实是会枝叶俱动的。宋朝人叫它“不耐痒花”，现在很多地方叫它“怕痒痒树”或“痒痒树”。这到底是什么道理，好像没有人解释过。二是花期甚长。这是夏天的花。胡文恭说它“繁极曝衣天”，白居易说它“独占芳菲当夏景，不将颜色托春风”。但是它“花至七夕犹繁”。我甚至在飘着小雪的天气，还看见一棵紫薇依然开着仅有的一穗红花！

我家的后园有一棵紫薇。这棵紫薇有年头了，主干有茶杯口粗，高过屋檐。一到放暑假，它开起花来，真是“繁”得不得了。紫薇花是六瓣的，但是花瓣皱缩，瓣边还有很多不规则的缺刻，所以根本分不清它是几瓣，只是碎碎叨叨的一球，当中还射出许多花须、花蕊。一个枝子上有很多朵花。一棵树上有数不清的枝子。真是乱。乱红成阵。乱成一团。简直像一群幼儿园的孩子放开了又高又脆的小嗓子一起乱嚷嚷。在乱哄哄的繁花之间还有很多赶来凑热闹的黑蜂。这种蜂不是普通的蜜蜂，个儿很大，有指头顶那样大，黑的，就是齐白石爱画的那种。我到现在还叫不出这是什么蜂。这种大黑蜂分量很重。它一落在一朵花上，抱住了花须，这一穗花就叫它压得沉了下来。它起翅飞去，花穗才挣回原处，还得哆嗦两下。

大黑蜂不像马蜂那样会做窠。它们也不像马蜂一样地群居，是单个生活的。在人家房檐的椽子下面钻一个圆洞，这就是它的家。我常常看见一个大黑蜂飞回来了，一收翅膀，钻进圆洞，就赶紧用一根细细的帐竿竹子捅进圆洞，来回地拧，它就在洞里嗯嗯地叫。我把竹竿一拔，啪的一声，它就掉到了地上。我赶紧把它捉起来，放进一个玻璃瓶里，盖上盖——瓶盖上用洋钉凿了几个窟窿。瓶子里塞了好些紫薇花。大黑蜂没有受伤，它只是摔晕过去了。过了一会儿，它缓醒过来了，就在花瓣之间乱爬。大黑蜂生命力很强，能活几天。我老幻想它能在瓶里待熟了，放它出去，它再飞回来。可是不知什么时候，它仰面朝天，死了。

紫薇原产于中国中部和南部。白居易诗云“浔阳官舍双高树，兴善僧庭一大丛，何似苏州安置处，花堂栏下月明中”，这些都是偏南的地方。但是北方很早就有了，如长安。北京过去也有，但很少（北京人多不识紫薇）。近年北京大量种植，到处都是。街心花园几乎都有。选择这种花木来美化城市环境是很有道理的，因为它花繁盛，颜色多（多为胭脂红，也有紫色和白色的），花期长。但是似乎生长得很慢。密云水库大坝下的通道两侧，隔不远就有一棵紫薇。我每年夏天要到密云开一次会，年年到坝下散步，都看到这些紫薇。看了四年，它们好像还是那样大。

比起北京雨后春笋一样耸立起来的高楼，北京的花木的生长就显得更慢。因此，对花木要倍加爱惜。

一九八七年二月二十一日

注释

原载《作家》一九八七年第六期。

蜡梅花

“雪花、冰花、蜡梅花……”我的小孙女这一阵老是唱这首儿歌。其实她没有见过真的蜡梅花，只是从我画的画上见过。

周紫芝《竹坡诗话》云：“东南之有蜡梅，盖自近时始。余为儿童时，犹未之见。元祐间，鲁直诸公方有诗，前此未尝有赋此诗者。政和间，李端叔在姑溪，元夕见之僧舍中，尝作两绝，其后篇云：‘程氏园当尺五天，千金争赏凭朱栏。莫因今日家家有，便作寻常两等看。’观端叔此诗，可以知前日之未尝有也。”看他的意思，蜡梅是从北方传到南方去的。但是据我的印象，现在倒是南方多，北方少见，尤其难见到长成大树的。我在颐和

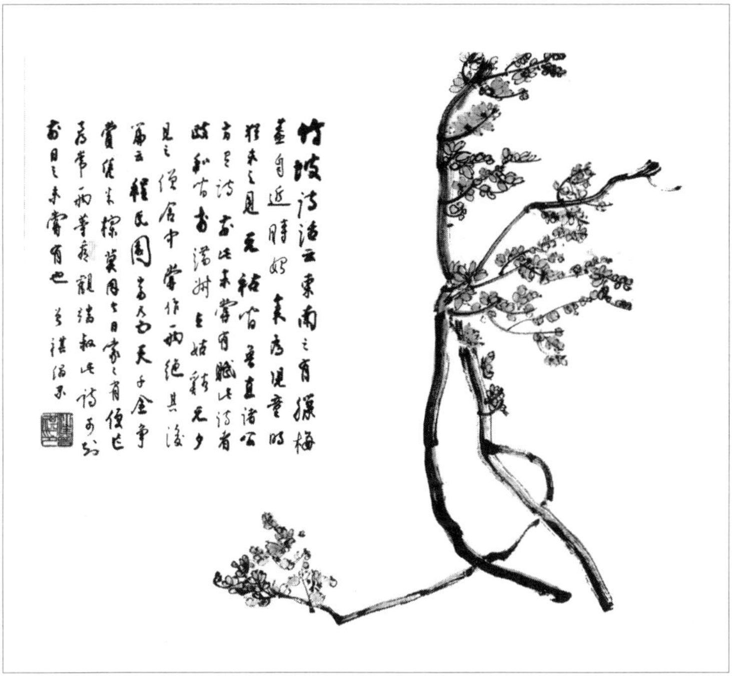

《竹坡诗话》云：东南之有蜡梅，盖自近时始。余为儿童时，犹未之见。元祐间，鲁直诸公方有诗，前此未尝有赋此诗者。政和间，李端叔在姑溪，元夕见之僧舍中，尝作两绝，其后篇云："程氏园当尺五天，千金争赏凭朱栏。莫因今日家家有，便作寻常两等看。"观端叔此诗，可以知前日之未尝有也。 曾祺偶录园藻鉴堂见过一棵，种在大花盆里，放在楼梯拐角处。因为不是开花的时候，绿叶披纷，没有人注意。和我一起住在藻鉴堂的几个搞剧本的同志，都不认识这是什么。

我的家乡有蜡梅花的人家不少。我家的后园有四棵很大的蜡梅。这四棵蜡梅，从我记事的时候，就已经是那样大了。很可能是我的曾祖父在世的时候种的。这样大的蜡梅，我以后在别处没有见过。主干有汤碗口粗细，并排种在一个砖砌的花台上。这四棵蜡梅的花心是紫褐色的，按说这是名种，即所谓“檀心磬口”。蜡梅有两种，一种是檀心的，一种是白心的。我的家乡偏重白心的，美其名曰：“冰心蜡梅”，而将檀心的贬为“狗心蜡梅”。蜡梅和狗有什么关系呢？真是毫无道理！因为它是狗心的，我们也就不大看得起它。

不过凭良心说，蜡梅是很好看的。其特点是花极多——这也是我们不太珍惜它的原因。物稀则贵，这样多的花，就没有什么稀罕了。每个枝条上都是花，无一空枝。而且长得很密，一朵挨着一朵，挤成了一串。这样大的四棵大蜡梅，满树繁花，黄灿灿的吐向冬日的晴空，那样的热热闹闹，而又那样的安安静静，实在是一个不寻常的境界。不过我们已经司空见惯，每年都有一回。

每年腊月，我们都要折蜡梅花。上树是我的事。蜡梅木质疏松，枝条脆弱，上树是有点危险的。不过蜡梅多枝杈，便于登踏，而且我年幼身轻，正是“一日上树能千回”的时候，从来也没有掉下来过。我的姐姐在下面指点着：“这枝，这枝！——哎，对了，对了！”我们要的是横斜旁出的几枝，这样的不蠢；要的是几朵半开，多数是骨朵的，这样可以在瓷瓶里养好几天——如果是全开的，几天就谢了。

下雪了，过年了。大年初一，我早早就起来，到后园选摘几枝全是骨朵的蜡梅，把骨朵都剥下来，用极细的铜丝——这种铜丝是穿珠花用的，就叫作“花丝”，把这些骨朵穿成插鬓的花。我们县北门的城门口有一家穿珠花的铺子，我放学回家路过，总要钻进去看几个女工怎样穿珠花，我就用她们的办法穿成各式各样的蜡梅珠花。我在这些蜡梅珠子花当中嵌了几粒天竺果——我家后园的一角有一棵天竺。黄蜡梅、红天竺，我到现在还很得意：那是真很好看的。我把这些蜡梅珠花送给我的祖母，送给大伯母，送给我的继母。她们梳了头，就插戴起来。然后，互相拜年。我应该当一个工艺美术师的，写什么屁小说！

一九八七年二月十八日

注释

原载《作家》一九八七年第六期。

雁

“爬山调”：“大雁南飞头朝西……”

诗人韩燕如告诉我，他曾经用心观察过，确实是这样。他惊叹草原人民对生活的观察的准确而细致。他说：“生活！生活！……”

为什么大雁南飞要头朝着西呢？草原上的人说这是依恋故土。“爬山调”是用这样的意思做比喻和起兴的。

“大雁南飞头朝西……”

河北民歌：“八月十五雁门开，孤雁头上带霜来……”

“孤雁头上带霜来”，这写得多美呀！

琥　珀

我在祖母的首饰盒子里找到一个琥珀扇坠。一滴琥珀里有一只小黄蜂。琥珀是透明的，从外面可以清清楚楚地看到黄蜂。触须、翅膀、腿脚，清清楚楚，形态如生，好像它还活着。祖母说，黄蜂正在飞动，一滴松脂滴下来，恰巧把它裹住。松脂埋在地下好多年，就成了琥珀。祖母告诉我，这样的琥珀并非罕见，值不了多少钱。

后来我在一个宾馆的小卖部看到好些人造琥珀的首饰。各种形状的都有，都琢治得很规整，里面也都压着一只昆虫。有一个项链上的淡黄色的琥珀片里竟压着一只蜻蜓。这些昆虫都很完整，不缺腿脚，不缺翅膀，但都是僵直的，缺少生气。显然这些昆虫是弄死了以后，被精心地、端端正正地压在里面的。

我不喜欢这种里面压着昆虫的人造琥珀。

我的祖母的那个琥珀扇坠之所以美，是因为它是偶然形成的。

美，多少要包含一点偶然。

瓢　虫

瓢虫有好几种，外形上的区别是在鞘翅上有多少黑点。这种黑点，昆虫学家谓之“星”。有七星瓢虫、十四星瓢虫、二十星瓢虫……有的瓢虫是益虫，它吃蚜虫，是蚜虫的天敌；有的瓢虫是害虫，吃马铃薯的嫩芽。

瓢虫的样子是差不多的。

中国画里很早就有画瓢虫的了。通红的一个圆点，在绿叶上，很显眼，使画面增加了生趣。

齐白石爱画瓢虫。他用藤黄涂成一个葫芦，上面栖息了一只瓢虫，对比非常鲜明。王雪涛、许麟庐都画过瓢虫。

谁也没有数过画里的瓢虫身上有几个黑点，指出这只瓢虫是害虫还是益虫。

科学和艺术有时是两回事。

瓢虫像一粒用朱漆制成的小玩意儿。

北京的孩子（包括大人）叫瓢虫为“花大姐”，这个名字很美。

螃　蟹

螃蟹的样子很怪。

《梦溪笔谈》载：关中人不识螃蟹。有人收得一只干蟹，人家病疟，就借去挂在门上。——中国过去相信生疟疾是由于疟

一九八六年四月曾祺写

鬼作祟。门上挂了一只螃蟹，疟鬼不知道这是什么玩意儿，就不敢进门了。沈括说：“不但人不识，鬼亦不识也。”“不但人不识，鬼亦不识也”，这说得很幽默！

在拉萨八角街一家卖藏药的铺子里看到一只小螃蟹，蟹身只有拇指大，金红色的，已经干透了，放在一只盘子里。大概西藏人也相信这只奇形怪状的虫子有某种魔力，是能治病的。

螃蟹为什么要横着走呢？

螃蟹的样子很凶恶，很奇怪，也很滑稽。

凶恶和滑稽往往近似。

豆　芽

朱小山去点豆子。地埂上都点了，还剩一把，他懒得带回去，就搬起一块石头，把剩下的豆子都塞到石头下面。过了些日子，朱小山发现：石头离开地面了。豆子发了芽，豆芽把石头顶起来了。朱小山非常惊奇。

朱小山为这件事惊奇了好多年。他跟好些人讲起过这件事。

有人问朱小山：“你老说这件事是什么意思？是要说明一种什么哲学吗？”

朱小山说：“不，我只是想说说我的惊奇。”

过了好些年，朱小山成了一个知名的学者，他回他的家乡去看看。他想找到那块石头。

他没有找到。

落　叶

漠漠春阴柳未青，
冻云欲湿上元灯。
行过玉渊潭畔路，
去年残叶太分明。

汽车开过湖边，
带起一群落叶。
落叶追着汽车，
一直追得很远。
终于没有力气了，
又纷纷地停下了。
“你神气什么？
还滴滴地叫！”
“甭理它。
咱们讲故事。”
“秋天，
早晨的露水……”

啄木鸟

啄木鸟追逐着雌鸟，
红胸脯发出无声的喊叫，
它们一翅飞出树林，

落在湖边的柳梢。
不知从哪里钻出一个孩子，
一声大叫。
啄木鸟吃了一惊，
他身边已经没有雌鸟。
不一会儿树林里传出啄木的声音，
他已经忘记了刚才的烦恼。

山丹丹

我在大青山挖到一棵山丹丹。这棵山丹丹的花真多。招待我们的老堡垒户看了看，说：“这棵山丹丹有十三年了。”

“十三年了？咋知道？”

“山丹丹长一年，多开一朵花。你看，十三朵。”

山丹丹记得自己的岁数。

我本想把这棵山丹丹带回呼和浩特，想了想，找了把铁锹，在老堡垒户的开满了蓝色党参花的土台上刨了个坑，把这棵山丹丹种上了，问老堡垒户：

"能活？"

"能活。这东西，皮实。"

大青山到处是山丹丹。开七朵花、八朵花的，多的是。

> 山丹丹花开花又落，
> 一年又一年……

这支流行歌曲的作者未必知道，山丹丹过一年多开一朵花。唱歌的歌星就更不会知道了。

枸　杞

枸杞到处都有。枸杞头是春天的野菜。采摘枸杞的嫩头，略焯过，切碎，与香干丁同拌，浇酱油、醋、香油；或入油锅爆炒，皆极清香。夏末秋初，开淡紫色小花，谁也不注意。随即结出小小的红色的卵形浆果，即枸杞子。我的家乡叫作狗奶子。

我在玉渊潭散步，在一个山包下的草丛里看见一对老夫妻弯着腰在找什么。他们一边走，一边搜索。走几步，停一停，弯腰。

"您二位找什么？"

"枸杞子。"

"有吗？"

老同志把手里一个罐头玻璃瓶举起来给我看，已经有半瓶了。

"不少！"

"不少！"

他解嘲似的哈哈笑了几声。

“您慢慢捡着！”

“慢慢捡着！”

看样子这对老夫妻是离休干部，穿得很整齐干净，气色很好。

他们捡枸杞子干什么？是配药？泡酒？看来都不完全是。真要是需要，可以托熟人从宁夏捎一点或寄一点来。——听口音，老同志是西北人，那边肯定会有熟人。

他们捡枸杞子其实只是玩！一边走着，一边捡枸杞子，这比单纯的散步要有意思。这是两个童心未泯的老人，两个老孩子！

人老了，是得学会这样的生活。看来，这二位中年时也是很会生活，会从生活中寻找乐趣的。他们为人一定很好，很厚道。他们还一定不贪权势，甘于淡泊。夫妻间一定不会为柴米油盐、儿女婚嫁而吵嘴。

从钓鱼台到甘家口商场的路上，路西，有一家的门头上种了很大的一丛枸杞，秋天结了很多枸杞子，通红通红的，礼花似的，喷泉似的垂挂下来，一个珊瑚珠穿成的华盖，好看极了。这丛枸杞可以拿到花会上去展览。这家怎么会想起在门头上种一丛枸杞？

槐　花

玉渊潭洋槐花盛开，像下了一场大雪，白得耀眼。来了放蜂的人。蜂箱都放好了，他的“家”也安顿了。一个刷了涂料的很厚的黑色的帆布篷子。里面打了两道土堰，上面架起几块木板，是床。床上一卷铺盖。地上排着油瓶、酱油瓶、醋瓶。一个白铁桶里已经有多半桶蜜。外面一个蜂窝煤炉子上坐着锅。一个女人在案板上切青蒜。锅开了，她往锅里下了一把干切面。不大会儿，面熟了，她把面捞在碗里，加了佐料、撒上青蒜，在一个碗里舀了半勺豆瓣。一人一碗。她吃的是加了豆瓣的。

蜜蜂忙着采蜜，进进出出，飞满一天。

我跟养蜂人买过两次蜜，绕玉渊潭散步回来，经过他的棚子，大都要在他门前的树墩上坐一坐，抽一支烟，看他收蜜，刮蜡，跟他聊两句，彼此都熟了。

这是一个五十岁上下的中年人，高高瘦瘦的，身体像是不太好，他做事总是那么从容不迫，慢条斯理的。样子不像个农民，倒有点像一个农村小学校长。听口音，是石家庄一带的。他到过很多省。哪里有鲜花，就到哪里去。菜花开的地方，玫瑰花开的地方，苹果花开的地方，枣花开的地方。每年都到南方去过冬，广西、贵州。到了春暖，再往北翻。我问他是不是枣花蜜最好，他说是荆条花的蜜最好。这很出乎我的意料。荆条是个不起眼的东西，而且我从来没有见过荆条开花，想不到荆条花蜜却是最好的蜜。我想他每年收入应当不错。他说比一般农民要好一些，但是也落不下多少：蜂具，路费；而且每年要赔几十斤白糖——蜜蜂冬天不采蜜，得喂它糖。

女人显然是他的老婆。不过他们岁数相差太大了。他五十了，女人也就是三十出头。而且，她是四川人，说四川话。我问他：你们是怎么认识的？他说：她是新繁县人。那年他到新繁放蜂，认识了。她说北方的大米好吃，就跟来了。

有那么简单？也许她看中了他的脾气好，喜欢这样安静平和的性格？也许她觉得这种放蜂生活，东南西北到处跑，好耍？这是一种农村式的浪漫主义。四川女孩子做事往往很洒脱，想咋个就咋个，不像北方女孩子有那么多考虑。他们结婚已经几年了。丈夫对她好，她对丈夫也很体贴。她觉得她的选择没有错，很满意，不后悔。我问养蜂人：她回去过没有？他说：回去过一次，一个人。他让她带了两千块钱，她买了好些礼物送人，风风光光地回了一趟新繁。

一天，我没有看见女人，问养蜂人，她到哪里去了。养蜂人说：到我那大儿子家去了，去接我那大儿子的孩子。他有个大儿子，在北京工作，在汽车修配厂当工人。

她抱回来一个四岁多的男孩，带着他在棚子里住了几天。她带他到甘家口商场买衣服，买鞋，买饼干，买冰糖葫芦。男孩子在床上玩鸡啄米，她靠着被窝用钩针给他钩一顶大红的毛线帽子。她很爱这个孩子。这种爱是完全非功利的，既不是讨丈夫的欢心，也不是为了和丈夫的儿子一家搞好关系。这是一颗很善良、很美的心。孩子叫她奶奶，奶奶笑了。

过了几天，她把孩子又送了回去。

过了两天，我去玉渊潭散步，养蜂人的棚子拆了，蜂箱集中在一起。等我散步回来，养蜂人的大儿子开来一辆卡车，把棚柱、木板、煤炉、锅碗和蜂箱装好，养蜂人两口子坐上车，卡车开走了。

玉渊潭的槐花落了。

注释

原载《散文》一九九〇年第三期。

长城漫忆

我的家乡是苏北，和长城距离很远，但是我小时候即对长城很有感情，这主要是因为常唱李叔同填词的那首歌：

长城外，
古道边，
芳草碧连天。
晚风拂柳笛声残，
夕阳山外山……

长城给我一个很悲凉的印象。

到北京后曾参观了八达岭长城。这一段长城是新修过的，砖石过于整齐，使我觉得是一个假古董。长城变成了游览区，非复本来面目。

一九五八年我被错划成右派，下放张家口沙岭子劳动，这可真是出了长城了。

张家口一带农民把长城叫作“边墙”。我很喜欢这两个字。“边墙”者，防边之墙也。

长城内外各种方面是有区别的，但也不是那样截然不同。

长城外的平均气温比关里要低几度。我们冬天在沙岭子野外劳动，那天降温到零下三十九度，生产队长敲钟叫大家赶快回去，再降下去要冻死人的。零下三十九度在坝上不算什么，但在边墙附近可就是奇寒了。长城外昼夜温差大，当地人说：“早穿皮袄午穿纱，抱着火炉吃西瓜。”这本是西北很多地方都有的俗谚，但是张家口人以为只有他们才是这样。再就是风大。有一天刮了一夜大风，山呼海啸。第二天一早我们到果园去劳动，在地下捡了

一九六三年　八达岭长城

二三十只石鸡子。这些石鸡子是在水泥电线杆上撞死的。它们被狂风刮得晕头转向、乱扑乱飞，想必以为落到电线杆上就可以安全了。这一带还爱下雹子。“蛋打一条线”（张家口一带把雹子叫作“冷蛋”），远远看见雹子云黑压压齐齐地来了，不到一会儿：砰里啪啦，噼里卜碌！有一场雹子，把我们的已经熟透的葡萄打得稀烂。一年的辛苦，全部泡汤（真是泡了汤）！沽源有一天下了一个雹子，有马大！

塞外无霜期短，但关里的农作物这里大都也能生长：稻粱菽麦黍稷。因为雨少，种麦多为“干寄子”，即把麦种先期下到地里等雨——“寄”字甚妙。为了争季节，有些地方种春小麦。春小麦可不好吃，蒸出馒头来发黏。坝下种莜麦的地方不多，坝上则主要的作物是莜麦。坝上土层薄，地块大，广种薄收。无水利灌溉，靠天收。如果一年有一点雨，打的莜麦可供河北省吃一年，故有人称坝上是“中国的乌克兰”。坝上的地块有多大？说是有一个农民牵了一头牛去耕地，耕了一趟，回来时母牛带回一个小牛犊子，已经三岁了！

马牛羊鸡犬豕都有。坝上有的地方是半农半牧区。张北的张北马、短角牛都是有名的。长城外各村都养羊。一是为了吃肉，二是要羊皮。塞外人没有一件白茬老羊皮袄是过不了冬的。狗皮主要是为了做帽子。没有狐狸皮帽子的，戴了狗皮遮耳大三块瓦皮帽，也能顶得住无情的狂风。

塞外人的饮食结构和关里不同的是爱吃糕，吃莜面。“糕”是黄米面拍成烧饼大小的饼子，在涂了胡麻油的铛上烙熟。口外认为这是食物中的上品，经饿，“三十里的莜面四十里的糕，二十里的白面饿断腰”。过去地主请工锄地，必要吃糕：“锄地不吃糕，锄了大大留小小！”张家口一带人吃莜面和山西雁北不同。雁北吃莜面只是蘸酸菜汤，加一点凉菜，张家口人则是蘸热的菜汤吃。锅里下一点油，把菜——山药（土豆）、西葫芦、疙瘩白（圆白菜）切成块，哗啦一声倒在油锅里，这叫“下搭油”，盖盖焖熟后，再在菜面上浇一点油，叫作“上搭油”。这一带人做菜用油很省。有农民见一个下放干部炒菜，往锅里倒了半碗油，说：“你用这么多的油，炒石子儿也是好吃的！”在烩菜里放几块羊肉，那就是过年了！

他们也知道吃野味。“天鹅、地鹊、鸽子肉、黄鼠”，这是人间美味。石鸡子、半鴂子，是很容易捉到手，但是，虽然他们也说：“宁吃飞禽四两，不吃走兽半斤”，他们对石鸡子之类的兴趣其实并不是很大，远不如来一碗口蘑炖羊肉“解恨”。

八达岭长城

长城内外不缺水果。杏树很多，果大而味浓。宣化葡萄，历史最久，味道最佳。

长城对我们这个民族到底起了什么作用？说法不一。有人说这是边防的屏障，对于抵御北方民族入侵，在当时是必不可少的。这使得中国完成统一，对民族心理凝聚力的形成，是有很大影响的。也有人说这使得我们的民族形成一种盲目的自大心理，造成文化的封闭乃至停滞，对中国的发展起了阻碍作用。我对这样深奥的问题没有研究过，没有发言权，但是我觉得它是伟大的。

一个美国的航天飞机的飞行员（忘其名）说过：在月球能看见地球上的中国的万里长城，那么长城是了不起的。

“文化大革命”后期，有一个中学的语文教员领着一班初一的学生去游长城，回来让学生都写一篇游记，一个学生只写了一句：

长城啊，
真他妈的长！

一九九四年四月二十一日

注释

原载《长城》一九九五年第一期。

早茶笔记（三则）

解题：我每天早起第一件事便是喝茶。喝茶就是喝茶而已，和我们家乡“吃早茶”不一样。我的家乡人有吃早茶的习惯。吃早茶其实是吃早点，吃包子、蒸饺、烧卖，还有煮干丝或烫干丝，有点像广东的“饮茶”，——当然，茶是要喝的。扬州一带人“早上皮包水”，即是指的吃早茶。我空着肚子喝茶时总要一个人坐着胡思乱想。有时想到一点有意思的事，就写了下来。把这些随手写下来的片段叫个什么名字好呢？就叫作《早茶笔记》吧。

我是爱读笔记的。我的某些小说也确是受了笔记的影响，但我并无创立现代笔记小说这一文体之意。现在有的评论家像这样的称呼我的小说了，也是可以的吧。

现代笔记小说当然是要接续古代笔记小说的传统的，但是不必着意模仿古人。既是现代笔记，总得有点“现代”的东西。第一是思想，不能太旧；第二是文笔，不能有假古董气。老实说，现在笔记体小说颇为盛行，我是有几分担心的。

断　笔

这个故事已经有很多人写过了。

昆明人都知道这个故事。

昆明西山龙门，陡峭壁立，直上直下。登龙门，俯瞰滇池，帆影烟波，尽在眼底。不能久看，久看使人眩目。山顶有座魁星阁。据说由山下登山的石级，是一个道士以一人之力依山形开凿出来的。魁星阁的阁顶、屋脊、梁柱都是在整块的岩石上凿出来的。阁中的魁星像也是就特意留出的一块青石凿成的。这道士把魁星像凿成了，只剩下魁星手中点斗的一支笔了，他松了一口气，微微一笑。不想手中的錾子用力稍猛，铿的一声，笔断了！道士扔下锤子錾子，张开双臂，从山上跳了下去。

（现在魁星手中的笔是后配的。）

这个故事是真实的吗?

故事也许是虚构的。

但是故事的思想是真实的。

八指头陀

八指头陀法号指南，是我的祖父学佛的师父。他原是我们县最大的寺庙善因寺的方丈，退居后住在三圣庵。祖父曾带我去看过他（我到现在还不明白祖父为什么要带我去看这位老和尚，那时我还很小）。三圣庵是一个很小的庙子，地方很荒僻，在大淖旁边，周围没有人家，只是一些黄叶枯枝的杂树林子，一片吐着白絮的芦苇。一条似有若无的路，小路平常似乎没有人走。小路尽处，是一个青砖瓦顶的小庵，孤零零的。

我记不清老和尚的年龄，只记得他干瘦干瘦的，穿了一件很旧的但是干干净净的衲衣。

指南和尚没有什么特别处。一是他退居得比较早（后来善因寺的方丈是他的徒弟铁桥），一是祖父告诉我，他曾在香炉里把两只手的食指烧掉，因此自号八指头陀。

我没有看见他烧掉食指的手是什么样子，因为他始终把他的手放在衲衣的袖子里。

我不知道和尚为什么要烧掉手指，我想无非是考验自己的坚忍吧。不管怎么说，这是常人办不到的。

祖父对他很恭敬。我对他也很恭敬。我一直记得那座隐藏在黄叶芦苇中的小庵。

耿庙神灯

我小时候非常向往耿庙神灯，总希望能够看到一次。

天气突变，风浪大作。高邮湖上，天色浓黑，伸手不见五指，客船、货船、渔船全都失去方向，在大风浪里乱转，弄船的舵师水手惊慌失措。正在危急之际，忽然抬头一望，只见半空中出现了红灯。据说，有时两盏，有时四盏，有时六盏，多的时候能有八盏。或排列整齐，或错落有序，微微起落，红光熠熠。水手们欢呼："七公显灵了！七公显灵了！"船户朝红灯奋力划去，就会直达高邮县城。这就是"耿庙神灯"，"秦邮八景"之一。

多美的红灯呀！

七公是真有这个人的，姓耿，名遇德，生于北宋大中五年，山东兖州府东平州梁山泊人，排行第七，人称七公。后来隐居高邮，在高邮湖边住，有人看到他坐了一个蒲团泛湖上。

七公为高邮人做了很多好事，死后邑人为他立了庙，叫作"七公殿"。

有一年，运河决口，黑夜中见一盏红灯渐渐移近决口处，不知从哪里漂来很多柴草，把决口堵住了。人们隐隐约约看到一个紫衣人坐在柴草上，相貌很像七公殿里的七公塑像。

七公殿是一座庙，也是一个地名。我们小时常到七公殿去玩。

我的侄孙辈大概已经不知道什么"耿庙神灯"了。

一九八八年十月二十一日

注释

原载《今古传奇》一九八九年第二期。

黄油烙饼

萧胜跟着爸爸到口外去。

萧胜满七岁，进八岁了。他这些年一直跟着奶奶过。他爸爸的工作一直不固定。一会儿修水库啦，一会儿大炼钢铁啦。他妈也是调来调去。奶奶一个人在家乡，说是冷清得很。他三岁那年，就被送回老家来了。他在家乡吃了好些萝卜白菜、小米面饼子、玉米面饼子，长高了。

奶奶不怎么管他。奶奶有事。她老是找出一些零碎料子给他接衣裳，接褂子，接裤子，接棉袄，接棉裤。他的衣服都是接成一道一道的，一道青，一道蓝。倒是挺干净的。奶奶还给他做鞋。自己打袼褙，剪样子，纳底子，自己绱。奶奶老是说：“你的脚上有牙，有嘴？”“你的脚是铁打的！”再就是给他做吃的。小米面饼子，玉米面饼子，萝卜白菜——炒鸡蛋，熬小鱼。他整天在外面玩。奶奶把饭做得了，就在门口嚷：“胜儿！回来吃饭咧！”

后来办了食堂。奶奶把家里的两口锅交上去，从食堂里打饭回来吃。真不赖！白面馒头，大烙饼，卤虾酱炒豆腐，焖茄子，猪头肉！食堂的大师傅穿着白衣服，戴着白帽子，在蒸笼的白蒙蒙的热气中晃来晃去，拿铲子敲着锅边，还大声嚷叫。人也胖了，猪也肥了。真不赖！

后来就不行了。还是小米面饼子，玉米面饼子。

后来小米面饼子里有糠，玉米面饼子里有玉米核磨出的渣子，拉嗓子。人也瘦了，猪也瘦了。往年，撵个猪可费劲哪。今年，一伸手就把猪后腿攥住了。挺大一个克郎，一挤它，咕咚就倒了。掺假的饼子不好吃，可是萧胜还是吃得挺香。他饿。

奶奶吃得不香。她从食堂打回饭来，掰半块饼子，嚼半天。其余的，都归了萧胜。

奶奶的身体原来就不好。她有个气喘的病，每年冬天都犯。白天还好，晚上难熬。萧胜躺在坑上，听奶奶喝喽喝喽地喘。睡醒了，还听她喝喽喝喽。他想，奶奶喝喽了一夜。可是奶奶还是喝喽着起来了，喝喽着给他到食堂去打早饭，打掺了假的小米饼子，玉米饼子。

爸爸去年冬天回来看过奶奶。他每年回来，都是冬天。爸爸带回来半麻袋土豆，一串口蘑，还有两瓶黄油。爸爸说，土豆是他分的；口蘑是他自己采、自己晾的；黄油是“走后门”搞来的。爸爸说，黄油是牛奶炼的，很“营养”，叫奶奶抹饼子吃。土豆，奶奶借锅来蒸了，煮了，放在灶火里烤了，给萧胜吃了。口蘑过年时打了一次卤。黄油，奶奶叫爸爸拿回去：“你们吃吧。这么贵重的东西！”爸爸一定要给奶奶留下。奶奶把黄油留下了，可是一直没有吃。奶奶把两瓶黄油放在躺柜上，时不时地拿抹布擦擦。黄油是个啥东西？牛奶炼的？隔着玻璃，看得见它的颜色是嫩黄嫩黄的。去年小三家生了小四，他看见小三他妈给小四用松花粉扑痱子。黄油的颜色就像松花粉。油汪汪的，很好看。奶奶说，这是能吃的。萧胜不想吃。他没有吃过，不馋。

奶奶的身体越来越不好。她从前从食堂打回饼子，能一气走到家。现在不行了，走到歪脖柳树那儿就得歇一会儿。奶奶跟上了年纪的爷爷、奶奶们说：“只怕是过得了冬，过不得春呀。”萧胜知道这不是好话。这是一句骂牲口的话。“嗳！看你这乏样儿！过得了冬过不得春！”果然，春天不好过。村里的老头老太太接二连三地死了。镇上有个木业生产合作社，原来打家具、修犁耙，都停了，改了打棺材。村外添了好些新坟，好些白幡。奶奶不行了，她浑身都肿。用手指按一按，老大一个坑，半天不起来。她求人写信叫儿子回来。

爸爸赶回来，奶奶已经咽了气了。

爸爸求木业社把奶奶屋里的躺柜改成一口棺材，把奶奶埋了。晚上，坐在奶奶的炕上流了一夜眼泪。

萧胜一生第一次经验什么是“死”。他知道“死”就是“没有”了。他没有奶奶了。他躺在枕头上，枕头上还有奶奶的头发的气味。他哭了。

奶奶给他做了两双鞋，做得了，说：“来试试！”——“等会儿！”吱溜，他跑了。萧胜醒来，光着脚把两双鞋都试了试。一双正合脚，一双大一些。他的赤脚接触了搪底布，感觉到奶奶纳的底线，他叫了一声“奶奶！”又哭了一气。

爸爸拜望了村里的长辈，把家里的东西收拾收拾，把一些能应用的锅碗瓢盆都装在一个大网篮里。把奶奶给萧胜做的两双鞋也装在网篮里。把两瓶动都没有动过的黄油也装在网篮里。锁了门，就带着萧胜上路了。

萧胜跟爸爸不熟。他跟奶奶过惯了。他起先不说话。他想家，想奶奶，想那棵歪脖柳树，想小三家的一对大白鹅，想蜻蜓，想蝈蝈，想挂大扁飞起来咯咯地响，露出绿色硬翅膀底下的桃红色的翅膜……后来跟爸爸熟了。他是爸爸呀！他们坐了汽车，坐火车，后来又坐汽车。爸爸很好。爸爸老是引他说话，告诉他许多口外的事。他的话越来越多，问这问那。他对“口外”产生了很浓厚的兴趣。

他问爸爸啥叫“口外”。爸爸说“口外”就是张家口以外，又叫“坝上”。“为啥叫坝上？”他以为“坝”是一个水坝。爸爸说到了就知道了。

敢情“坝”是一溜大山。山顶齐齐的，倒像个坝。可是真大！汽车一个劲地往上爬。汽车爬得很累，好像气都喘不过来，不停地哼哼。上了大山，嘿，一片大平地！真是平呀！又平又大。像是擀过的一样。怎么可以这样平呢！汽车一上坝，就撒开欢了。它不哼哼了，“唰——”一直往前开。一上了坝，气候忽然变了。坝下是夏天，一上坝就像秋天。忽然，就凉了。坝上坝下，刀切的一样。真平呀！远远有几个小山包，圆圆的。一棵树也没有。他的家乡有很多树。榆树，柳树，槐树。这是个什么地方！不长一棵树！就是一大片大平地，碧绿的，长满了草。有地。这地块真大。从这个小山包一匹布似的一直扯到了那个小山包。爸爸告诉他：有一个农民牵了一头母牛去犁地，犁了一趟，回来时候母牛带回来一个新下的小牛犊，已经三岁了！

汽车到了一个叫沽源的县城，这是他们的最后一站。一辆牛车来接他们。这车的样子真可笑，车轱辘是两个木头饼子，还不怎么圆，骨碌碌，骨碌碌，往前滚。他仰面躺在牛车上，上面是一个很大的蓝天。牛车真慢，还没有他走得快。他有时下来掐两朵野花，走一截，又爬上车。

这地方的庄稼跟口里也不一样。没有高粱，也没有老玉米，种莜麦，胡麻。莜麦干净得很，好像用水洗过，梳过。胡麻打着把小蓝伞，秀秀气气，不像是庄稼，倒像是种着看的花。

喝，这一大片马兰！马兰他们家乡也有，可没有这里的高大。长得齐大人的腰那么高，开着巴掌大的蓝蝴蝶一样的花。一眼望不到边。这一大片马兰！他这辈子也忘不了。他像是在一个梦里。

牛车走着走着，爸爸说：到了！他坐起来一看，一大片马铃薯，都开着花，粉的、浅紫蓝的、白的，一眼望不到边，像是下了一场大雪。花雪随风摇摆着，他有点晕。不远有一排房子，土墙、玻璃窗。这就是爸爸工作的马铃薯研究站。土豆——山药蛋——马铃薯。马铃薯是学名，爸说的。

从房子里跑出来一个人。“妈妈——！”他一眼就认出来了！妈妈跑上来，把他一把抱了起来。

萧胜就要住在这里了，跟他的爸爸、妈妈住在一起了。

奶奶要是一起来，多好。

萧胜的爸爸是学农业的，这几年老是干别的。奶奶问他：“为什么总是把你调来调去的？”爸说：“我好欺负。”马铃薯研究站别人都不愿来，嫌远。爸愿意。妈是学画画的，前几年老画两个娃娃拉不动的大萝卜啦，上面张个帆可以当作小船的豆荚啦。她也愿意跟爸爸一起来，画“马铃薯图谱”。

妈给他们端来饭。真正的玉米面饼子，两大碗粥。妈说这粥是草籽熬的。有点像小米，比小米小，绿莹莹的，挺稠，挺香。还有一大盘鲫鱼，好大。爸说别处的鲫鱼很少有过一斤的，这儿“淖”里的鲫鱼有一斤二两的，鲫鱼吃草籽，长得肥。草籽熟了，风把草籽刮到淖里，鱼就吃草籽。萧胜吃得很饱。

爸说把萧胜接来有三个原因。一是奶奶死了，老家没有人了。二是萧胜该上学了，暑假后就到不远的一个完小去报名。三是这里吃得好一些。口外地广人稀，总好办一些。这里的自留地一个人有五亩！随便刨一块地就能种点东西。爸爸和妈妈就在研究站旁边开了一块地，种了山药、南瓜。山药开花了，南瓜长了骨朵了。用不了多久，就能吃了。

马铃薯研究站很清静，一共没有几个人。就是爸爸、妈妈，还有几个工人。工人都有家。站里就是萧胜一家。这地方，真安静。成天听不到声音，除了风吹莜麦穗子，沙沙地像下小雨；有时有小燕吱喳地叫。

爸爸每天戴个草帽下地跟工人一起去干活，锄山药。有时查资料，看书。妈一早起来到地里掐一大把山药花，一大把叶子，回来插在瓶子里，聚精会神地对着它看，一笔一笔地画。画的花和真的花一样！萧胜每天跟妈一同下地去，回来鞋和裤脚沾得都是露水。奶奶做的两双新鞋还没有上脚，妈把鞋和两瓶黄油都锁在柜子里。

白天没有事，他就到处去玩，去瞎跑。这地方大得很，没遮没挡，跑多远，一回头还能看到研究站的那排房子，迷不了路。他到草地里去看牛、看马、看羊。

他有时也去莳弄莳弄他家的南瓜、山药地。锄一锄，从机井里打半桶水浇浇。这不是为了玩。萧胜是等着要吃它们。他们家不起火，在大队食堂打饭，食堂里的饭越来越不好。草籽粥没有了，玉米面饼子也没有了。现在吃红高粱饼子，喝甜菜叶子做的汤。再下去大概还要坏。萧胜有点饿怕了。

他学会了采蘑菇。起先是妈妈带着他采了两回，后来，他自己也会了。下了雨，太阳一晒，空气潮乎乎的，闷闷的，蘑菇就出来了。蘑菇这玩意儿很怪，都长在“蘑菇圈”里。你低下头，侧着眼睛一看，草地上远远的有一圈草，颜色特别深，黑绿黑绿的，隐隐约约看到几个白点，那就是蘑菇圈。滴溜圆。蘑菇就长在这一圈深颜色的草里。圈里面没有，圈外面也没有。蘑菇圈是固定的。今年长，明年还长。哪里有蘑菇圈，老乡们都知道。

有一个蘑菇圈发了疯。它不停地长蘑菇，呼呼地长，三天三夜一个劲地长，好像是有鬼，看着都怕人。附近七八家都来采，用线穿起来，挂在房檐底下。家家都挂了三四串，挺老长的三四串。老乡们说，这个圈明年就不会再长蘑菇了，它死了。萧胜也采了好些。他兴奋极了，心里直跳。“好家伙！好家伙！这么多！这么多！”他发了财了。

他为什么这样兴奋？蘑菇是可以吃的呀！

他一边用线穿蘑菇，一边流出了眼泪。他想起奶奶，他要给奶奶送两串蘑菇去。他现在知道，奶奶是饿死的。人不是一下饿死的，是慢慢地饿死的。

食堂的红高粱饼子越来越不好吃，因为掺了糠。甜菜叶子汤也越来越不好喝，因为一点油也不放了。他恨这种掺糠的红高粱饼子，恨这种不放油的甜菜叶子汤！

他还是到处去玩，去瞎跑。

大队食堂外面忽然热闹起来。起先是拉了一牛车的羊砖来。他问爸爸这是什么，爸爸说："羊砖。"——"羊砖是啥？"——"羊粪压紧了,切成一块一块。"——"干啥用？"——"烧。"——"这能烧吗？"——"好烧着呢！火顶旺。"后来盘了个大灶。后来杀了十来只羊。萧胜站在旁边看杀羊。他还没有见过杀羊。嘿，一点血都流不到外面，完完整整就把一张羊皮剥下来了！

这是要干啥呢？

爸爸说，要开三级干部会。

"啥叫三级干部会？"

"等你长大了就知道了！"

三级干部会就是三级干部吃饭。

大队原来有两个食堂，南食堂，北食堂，当中隔一个院子，院子里还搭了个小棚，下雨天也可以两个食堂来回串。原来"社员"们分在两个食堂吃饭。开三级干部会，就都挤到北食堂来。南食堂空出来给开会干部用。

三级干部会开了三天，吃了三天饭。头一天中午，羊肉口蘑臊子蘸莜面。第二天炖肉大米饭。第三天，黄油烙饼。晚饭倒是马马虎虎的。

"社员"和"干部"同时开饭。社员在北食堂，干部在南食堂。北食堂还是红高粱饼子，甜菜叶子汤。北食堂的人闻到南食堂里飘过来的香味，就说："羊肉口蘑臊子蘸莜面，好香好香！""炖肉大米饭，好香好香！""黄油烙饼，好香好香！"

萧胜每天去打饭，也闻到南食堂的香味。羊肉、米饭，他倒不稀罕：他见过，也吃过。黄油烙饼他连闻都没闻过。是香，闻着这种香味，真想吃一口。

回家，吃着红高粱饼子，他问爸爸："他们为什么吃黄油烙饼？"

"他们开会。"

"开会干吗吃黄油烙饼？"

"他们是干部。"

"干部为啥吃黄油烙饼？"

"哎呀！你问得太多了！吃你的红高粱饼子吧！"

正在咽着红饼子的萧胜的妈忽然站起来，把缸里的一点白面倒出来，又从柜子里取出一瓶奶奶没有动过的黄油，启开瓶盖，挖了一大块，抓了一把白糖，兑点起子，擀了两张黄油发面饼。抓了一把莜麦秸塞进灶火，烙熟了。黄油烙饼发出香味，和南食堂里的一样。妈把黄油烙饼放在萧胜面前，说：

"吃吧，儿子，别问了。"

萧胜吃了两口，真好吃。他忽然咧开嘴痛哭起来，高叫了一声："奶奶！"

妈妈的眼睛里都是泪。

爸爸说："别哭了，吃吧。"

萧胜一边流着一串一串的眼泪，一边吃黄油烙饼。他的眼泪流进了嘴里。黄油烙饼是甜的，眼泪是咸的。

注释

原载《新观察》一九八〇年第二期。

天鹅之死

“阿姨，都白天了，怎么还有月亮呀？”

“阿姨，月亮是白色的，跟云的颜色一样。”

“阿姨，天真蓝呀。”

“蓝色的天，白色的月亮，月亮里有蓝色的云，真好看呀！”

“真好看！”

“阿姨，树叶都落光了。树是紫色的。树干是紫色的。树枝也是紫色的。树上的风也是紫色的。真好看！”

“真好看！”

“阿姨，你好看！”

“我从前好看。”

“不！你现在也好看。你的眼睛好看。你

的脖子，你的肩，你的腰，你的手，都好看。你的腿好看。你的腿多长呀。阿姨，我们爱你！”

“小朋友，我也爱你们！”

“阿姨，你的腿这两天疼了吗？”

“没有。要上坡了，小朋友，小心！”

“哦！看见玉渊潭了！”

“玉渊潭的水真清呀！”

“阿姨，那是什么？雪白雪白的，像花一样地发亮，一,二,三,四。”

白蕤从心里发出一声惊呼：

“是天鹅！”

“是天鹅？”

“冬泳的叔叔，那是天鹅吗？”

“是的，小朋友。”

“它们是怎么来的？”

“它们是自己飞来的。”

“它们从哪儿飞来？”

“从很远很远的北方。”

“是吗？——欢迎你，白天鹅！”

“欢迎你到我们这儿来做客！”

天鹅在天上飞翔，
去寻找温暖的地方。
飞过了大兴安岭，
雪压的落叶松的密林里，闪动着鄂温克族狩猎队篝火的红光。

白蘋去看乌兰诺娃，去看天鹅。

大提琴的柔风托起了乌兰诺娃的双臂，钢琴的露珠从她的指尖流出。

她的柔弱的双臂伏下了。

又轻轻地挣扎着，抬起了脖颈。

钢琴流尽了最后的露滴，再也没有声音了。

天鹅死了。

白蘋像是在一个梦里。

她的眼睛里都是泪水。

她的眼泪流进了她的梦。

天鹅在天上飞翔。

去寻找温暖的地方。

飞过了呼伦贝尔草原，

草原一片白茫茫。

圈儿河依恋着家乡，

它流去又回头。

在雪白的草原上，

画出了一个又一个铁青色的圆圈。

白蘋考进了芭蕾舞校。经过刻苦的训练，她的全身都变成了音乐。

她跳《天鹅之死》。

大提琴和钢琴的旋律吹动着她的肢体，她的手指和足尖都在想象。

天鹅在天上飞翔，
去寻找温暖的地方。

某某去看了芭蕾。
他用猥亵的声音说：
“这他妈的小妞儿！那胸脯，那小腰，那么好看的大腿……”
他满嘴喷着酒气。
他做了一个淫荡的梦。

天鹅在天上飞翔，
去寻找温暖的地方。

“文化大革命”。中国的森林起了火了。
白蕤被打成了现行反革命。因为她说：
“《天鹅之死》就是美！乌兰诺娃就是美！”

天鹅在天上飞翔。
某某成了“宣传队员”。他每天晚上都想出一种折磨演员的花样。
他叫她们背着床板在大街上跑步。
他叫她们做折损骨骼的苦工。
他命令白蕤跳《天鹅之死》。
“你不是说《天鹅之死》就是美吗？你给我跳，跳一夜！”
录音机放出了音乐。音乐使她忘记了眼前的一切。她快乐。
她跳《天鹅之死》。

她看看某某，发现他的下牙突出在上牙之外。北京人管这种长相叫“地包天”。

她跳《天鹅之死》。

她羞耻。

她跳《天鹅之死》。

她愤怒。

她跳《天鹅之死》。

她摔倒了。

她跳《天鹅之死》。

天鹅在天上飞翔，

去寻找温暖的地方。

飞过太阳岛，

飞过松花江。

飞过华北平原，

越冬的麦粒在松软的泥土里睡得正香。

经过长途飞行，天鹅的体重减轻了，但是翅膀上增添了力量。

天鹅在天上飞翔，

在天上飞翔，

玉渊潭在月光下发亮。

“这儿真好呀！这儿的水不冻，这儿暖和，咱们就在这儿过冬，好吗？”

四只天鹅翩然落在玉渊潭上。

白蕤转业了。她当了保育员。她还是那样美，只是因为左腿曾经骨折，每到阴天下雨，就隐隐发痛。

自从玉渊潭来了天鹅，她隔两三天就带着孩子们去看一次。

孩子们对天鹅说：

“天鹅天鹅你真美！”

“天鹅天鹅我爱你！”

“天鹅天鹅真好看，”

“我们和你来做伴！”

甲、乙两青年，带了一支猎枪，偷偷走近玉渊潭。

天已经黑了。

一声枪响，一只天鹅毙命。其余的三只，惊恐万状，一夜哀鸣。

被打死的天鹅的伴侣第二天一天不鸣不食。

傍晚七点钟时还看见它。

半夜里，它飞走了。

白蕤看着报纸，她的眼前浮现出一张“地包天”的脸。

“阿姨，咱们去看天鹅。”

“今天不去了，今天风大，要感冒的。”

“不嘛！去！”

天鹅还在吗？

在！

在那儿，在靠近南岸的水面上。

“天鹅天鹅你害怕吗？”

“天鹅天鹅你别怕！”

湖岸上有好多人来看天鹅。

他们在议论。

“这个家伙，这么好看的东西，你打它干什么？”

“想吃天鹅肉。”

“想吃天鹅肉。”

“都是这场‘文化大革命’闹的！把一些人变坏了，变得心狠了！不知爱惜美好的东西了！”

有人说，那一只也活不成。天鹅是非常恩爱的。死了一只，那一只就寻找一片结实的冰面，从高高的空中摔下来，把自己的胸脯在坚冰上撞碎。

孩子们听着大人的议论，他们好像是懂了，又像是没有懂。他们对着湖面呼喊：

“天鹅天鹅你在哪儿？”

“天鹅天鹅你快回来！”

孩子们的眼睛里有泪。

他们的眼睛发光，像钻石。

他们的眼泪飞到天上，变成了天上的星。

一九八〇年十二月二十九日清晨

注释

原载一九八一年四月十四日《北京日报》。

昙花、鹤和鬼火

邻居夏老人送给李小龙一盆昙花。昙花在这一带是很少见的。夏老人很会养花，什么花都有。李小龙很小就听说过“昙花一现”。夏老人指给他看：“这就是昙花。”李小龙欢欢喜喜地把花抱回来了。他的心欢喜得咚咚地跳。

李小龙给它浇水，松土。白天搬到屋外。晚上搬进屋里，放在床前的高茶几上。早上睁开眼第一件事便是看看他的昙花。放学回来，连书包都不放，先去看看昙花。

昙花长得很好，长出了好几片新叶，嫩绿嫩绿的。

李小龙盼着昙花开。

昙花茁了骨朵儿了！

李小龙上课不安心，他总是怕昙花在他不在身边的时候开了。他听说昙花开无定时，说开就开了。

晚上，他睡得很晚，守着昙花。他听说昙花常常是夜晚开。

昙花就要开了。

昙花还没有开。

一天夜里，李小龙在梦里闻到一股醉人的香味。他忽然惊醒了：昙花开了！

李小龙一骨碌坐了起来，划根火柴，点亮了煤油灯：昙花真的开了！

李小龙好像在做梦。

昙花真美呀！雪白雪白的，白得像玉，像天上的云。花心淡黄，淡得像没有颜色，淡得真雅。她像一个睡醒的美人，正在舒展着她的肢体，一面呼出醉人的香气。啊呀，真香呀！香死了！

李小龙两手托着下巴，目不转睛地看着昙花。看了很久，很久。

他困了。他想就这样看它一夜，但是他困了。吹熄了灯，他睡了。一睡就睡着了。

睡着之后，他做了一个梦，梦见昙花开了。

于是李小龙有了两盆昙花。一盆在他的床前，一盆在他的梦里。

李小龙已经是中学生了。过了一个暑假，上初二了。

学校在东门里，原是一个道士观，叫赞化宫。李小龙的家在北门外东街。从李小龙家到中学可以走两条路。一条进北门走城里，一条走城外。李小龙上学的时候都是走城外，因为近得多。放学有时走城外，有时走城里。走城里是为了看热闹或是买纸笔，买糖果零食吃。

从李小龙家的巷子出来，是越塘。越塘边经常停着一些粪船。那是乡下人上城来买粪的。李小龙小时候刚学会折纸手工时，常折的便是“粪船”。其实这只纸船是空的，装什么都可以。小孩子因为常常看见这样的船装粪，就名之曰粪船了。

从越塘的坡岸走上来，右手有几家种菜的。左边便是菜地。李小龙看见种菜的种青菜，种萝卜。看他们浇粪，浇水。种菜的用一个长把的水舀子舀满了水，手臂一挥舞，水就像扇面一样均匀地洒开了。青菜一天一个样，一天一天长高了，全都直直地立着，都很精神，很水灵。萝卜原来像菜，后来露出红红的“背儿”，就像萝卜了。他看见扁豆开花，扁豆结角了。看见芝麻。芝麻可不好看，直不棱登，四方四棱的秆子，结了好些带小毛刺的蒴果。蒴果里就是芝麻粒了。“你就是芝麻呀！”李小龙过去没有见过芝麻。他觉得芝麻能榨油，给人吃，这非常神奇。

过了菜地，有一条不很宽的石头路。铺路的石头不整齐，大大小小，而且都是光滑的，圆乎乎的，不好走。人不好走，牛更不好走。李小龙常常看见一头牛的一只前腿或后腿的蹄子在圆石头上“霍——嗒”一声滑了一下，然而他没有看见牛滑得摔倒过。牛好像特别爱在这条路上拉屎。路上随时可以看见几堆牛屎。

石头路两侧各有两座牌坊，都是青石的。大小、模样都差不多。李小龙知道，这是贞节牌坊。谁也不知道这是谁家的，是为哪一个守节的寡妇立的。那么，这不是白立了么？牌坊上有很多麻雀做窝。麻雀一天到晚叽叽喳喳地叫，好像是牌坊自己叽叽喳喳叫着似的。牌坊当然不会叫，石头是没有声音的。

石头路的东边是农田，西边是一片很大的苇荡子。苇荡子的

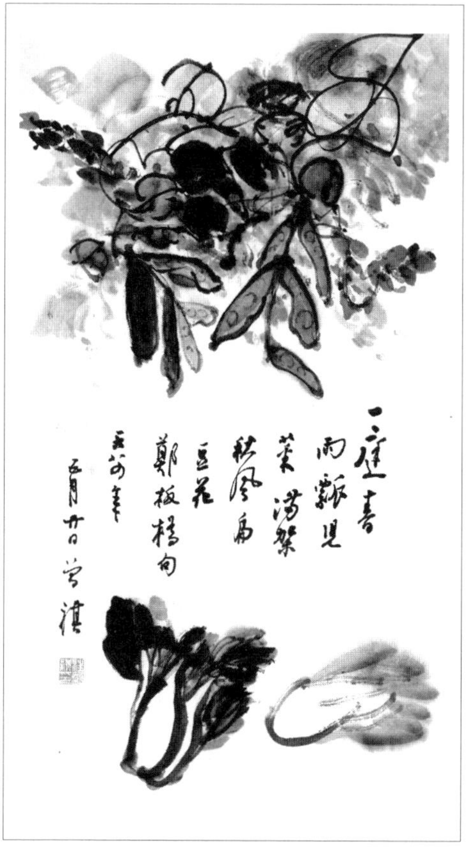

一庭春雨瓢儿菜，满架秋风扁豆花。
郑板桥句　一九八四年五月廿日　曾祺

尽头是一片乌蒙蒙的杂树林子。林子后面是善因寺。沿石头路往善因寺有一条小路，很少人走。李小龙有一次一个人走了一截，觉得怪瘆得慌。

春天，苇荡子里有很多蝌蚪，忙忙碌碌地甩着小尾巴。很快，就变成了小蛤蟆。小蛤蟆每天早上横过石头路乱蹦。你们干吗乱蹦，不好老实待着吗？小蛤蟆很快就成了大蛤蟆，咕呱乱叫！

走完石头路，是傅公桥。从东门绕过来的护城河往北，从北城绕过来的护城河往东，在这里汇合，流入澄子河。傅公桥正跨在汇流的河上。这是一座洋松木桥。两根桥梁，上面横铺着立着的洋松木的扁方子，用巨大的铁螺丝固定在桥梁上。洋松扁方并不密接，每两方之间留着和扁方宽度相等的空隙。从桥上过，可以看见水从下面流。有时一团青草，一片破芦席片顺水漂过来，也看得见它们从桥下悠悠地漂过去。

李小龙从初一读到初二了，来来回回从桥上过，他已经过了多少次了？

为什么叫作傅公桥？傅公是谁？谁也不知道。

过了傅公桥，是一条很宽很平的大路，当地人把它叫作“马路”。走在这样很宽很平的大路上，是很痛快的、很舒服的。

马路东，是一大片农田。这是“学田”。这片田因为可以直接从护城河引水灌溉，所以庄稼长得特别的好，每年的收成都是别处的田地比不了的。

李小龙看见过割稻子，看见过种麦子。春天，他爱下了马路，从麦子地里走，一直走到东门口。麦子还没有“起身”的时候，是不怕踩的，越踩越旺。麦子一天一天长高了。他掰下几粒青麦子，搓去外皮，放进嘴里嚼。他一辈子记得青麦子的清香甘美的味道。他看见过割麦子。看见过插秧。插秧是个大喜的日子，好比是娶媳妇，聘闺女。插秧的人总是精精神神的，脾气也特别温和，又忙碌，又从容，凡事有条有理。他们的眼睛里流动着对于粮食和土地的脉脉的深情。一天又一天，哈，稻子长得齐李小龙的腰了。不论是麦子，是稻子，挨着马路的地边的一排长得特别好。总有几丛长得又高又壮，比周围的稻麦高出好些。李小龙想，这大概是由于过路的行人曾经对着它撒过尿。小风吹着丰盛的庄稼的绿叶，沙沙地响，像一首遥远的、温柔的歌。李小龙在歌里轻快地走着……

李小龙有时挨着庄稼地走，有时挨着河沿走。河对岸是一带黑黑的城墙，城墙垛子一个、一个、一个，整齐地排列着。城墙外面，有一溜墓地，长了好些狗尾巴草、扎蓬、苍耳和风播下来的旅生的芦秫。草丛里一定有很多蝈蝈，蝈蝈把它们的吵闹声音都送到河这边来了。下面，是护城河。随着上游水闸的启闭，河水有时大，有时小；有时急，有时慢。水急的时候，挨着岸边的水会倒流回去，李小龙觉得很奇怪。过路的大人告诉他：这叫“回溜”。水是从运河里流下来的，是浑水，颜色黄黄的。黑黑的城墙，碧绿的田地，白白的马路，黄黄的河水。

去年冬天，有一天，下大雪，李小龙一大早上学去，他发现河水是红颜色的！很红很红，红得像玫瑰花。李小龙想：也许是雪把河变红了。雪那样厚，雪把什么都盖成一片白，于是衬得河水是红的了。也许是河水自己这一天发红了。他琢磨不透。但是他千真万确看见了一条红水河。雪地上还没有人走过，李小龙独自一人，踏着积雪，他的脚踩得积雪咯吱咯吱地响。雪白雪白的原野上流着一条玫瑰红色的河，那样单纯，那样鲜明而奇特，这种景色，李小龙从来没有看见过，以后也没有看见过。

有一天早晨，李小龙看到一只鹤。秋天了，庄稼都收割了，扁豆和芝麻都拔了秧，树叶落了，芦苇都黄了，芦花雪白，人的眼界空阔了。空气非常凉爽。天空淡蓝淡蓝的，淡得像水。李小龙一抬头，看见天上飞着一只东西。鹤！他立刻知道，这是一只鹤。李小龙没有见过真的鹤，他只在画里见过，他自己还画过。不过，这的的确确是一只鹤。真奇怪，怎么会有一只鹤呢？这一带从来没有人家养过一只鹤，更不用说是野鹤了。然而这真是一只鹤呀！鹤沿着北边城墙的上空往东飞去。飞得很高，很慢，雪白的身子，雪白的翅膀，两只长腿伸在后面。李小龙看得很清楚，清楚极了！李小龙看得呆了。鹤是那样美，又教人觉得很凄凉。

鹤慢慢地飞着，飞过傅公桥的上空，渐渐地飞远了。

李小龙痴立在桥上。

李小龙多少年还忘不了那天的印象，忘不了那种难遇的凄凉的美，那只神秘的孤鹤。

李小龙后来长大了，到了很多地方，看到过很多鹤。

不，这都不是李小龙的那只鹤。

世界上的诗人们，你们能找到李小龙的鹤么？

李小龙放学回家晚了。教图画手工的张先生给了他一个任务，让他刻一副竹子的对联。对联不大，只有三尺高。选一段好毛竹，一剖为二，刳去竹节，用砂纸和竹节草打磨光滑了，这就是一副对子。联文是很平常的：

惜花春起早

爱月夜眠迟

字是请善因寺的和尚石桥写的，写的是石鼓。因为李小龙上初一的时候就在家跟父亲学刻图章，已经刻了一年，张先生知道他懂得一点篆书的笔意，才把这副对子交给他刻。刻起来并不费事，把字的笔画的边廓刻深，再用刀把边线之间的竹皮铲平，见到“二青”就行了。不过竹皮很滑，竹面又是圆的，需要手劲。张先生怕他带来带去，把竹皮上墨书的字蹭模糊了，教他就在他的画室里刻。张先生的画室在一个小楼上。小楼在学校东北角，是赞化宫的遗物，原来大概是供吕洞宾的，很旧了。楼的三面都是紫竹，——紫竹城里别处极少见，学生习惯就把这座楼叫成“紫竹楼”。李小龙每天下课后，上楼来刻一个字，刻完回家。已经刻了一个多星期了。这天就剩下“眠迟”两个字了，心想一气刻完得了，明天好填上石绿挂起来看看，就贪刻了一会儿。偏偏石鼓文体的“迟”字笔画又多，时间不知不觉就过去了。刻完了“迟”字的“走之”，揉揉眼睛，一看：呀，天都黑了！而且听到隐隐的雷声，——要下雨了：赶紧走。他背起书包直奔东门。出了东门，听到东门外铁板桥下轰鸣震耳的水声，他有点犹豫了。

东门外是刑场（后来李小龙到过很多地方，发现别处的刑场都在西门外。按中国的传统观念，西方主杀，不知道本县的刑场为什么在东门外）。对着东门不远，有一片空地，空地上现在还有一些浅浅的圆坑，据说当初杀人就是让犯人跪在坑里，由背后向第三个颈椎的接缝处切一刀。现在不兴杀头了，枪毙犯人——当地叫作“铳人”，还是在这里。李小龙的同学有时上着课，听到街上犯人拉长音的凄惨的号声，就知道要铳人了。他们下了课赶去看，有时能看到尸首，有时看到地下一摊血。东门桥是全县唯一的一座铁板桥。桥下有闸。桥南桥北水位落差很大，河水倾跌下来，声音很吓人。当地人把这座桥叫作掉魂桥，说是临刑的犯人到了桥上，听到水声，魂就掉了。

李小龙犹豫了一下，还是走上了铁板桥。他的脚步踏得桥上的铁板当当地响。

天骤然黑下来了，雨云密结，天阴得很严。下了桥，他就掉在黑暗里了。什么也看不见，只能看到一条灰白的痕迹，是马路；黑乎乎的一片，是稻田。好在这条路他走得很熟，闭着眼也能走到，不会掉到河里去，走吧！他听见河水哗哗地响，流得比平常好像更急。听见稻子的新秀的穗子摆动着，稻粒摩擦着发出细碎的声音。一个什么东西窜过马路！——大概是一只獾子。什么东西落进河水了，——“扑通”！他的脚清楚地感觉到脚下的路。一个圆形的浅坑，这是一个牛蹄印子，干了。谁在这里扔了一块西瓜皮！差点摔了我一跤！天上不时扯一个闪。青色的闪，金色的闪，紫色的闪。闪电照亮一块黑云，黑云翻滚着，绞扭着，像一个暴怒的人正在憋着一腔怒火。闪电照亮一棵小柳树，张牙舞爪，像一个妖怪。

李小龙走着，在黑暗里走着，一个人。他走得很快，比平常要快得多，真是“大步流星”，嗒嗒嗒嗒地走着。他听见自己的两只裤脚擦得嚓嚓地响。

一半沉着，一半害怕。

不太害怕。

刚下掉魂桥，走过刑场旁边时，头皮紧了一下，有点怕，以后就好了。

他甚至觉得有点豪迈。

快要到了。前面就是傅公桥。“行百里者半九十”，今天上国文课时他刚听高先生讲过这句古文。

上了傅公桥，李小龙的脚步放慢了。

这是什么？

他从来没有看见过。

一道一道碧绿的光，在苇荡上。

李小龙知道，这是鬼火。他听说过。

绿光飞来飞去。它们飞舞着，一道一道碧绿的抛物线。绿光飞得很慢，好像在呦呦地哭泣。忽然又飞快了，聚在一起；又散开了，好像又笑了，笑得那样轻。绿光纵横交错，织成了一面疏网；忽然又飞向高处，落下来，像一道放慢了的喷泉。绿光在集会，在交谈。你们谈什么？

李小龙真想多停一会儿，这些绿光多美呀！

但是李小龙没有停下来，说实在的，他还是有点紧张的。

但是他也没有跑。他知道他要是一跑，鬼火就会追上来。他在小学上自然课时就听老师讲过，“鬼火”不过是空气里的磷，在大雨将临的时候，磷就活跃起来。见到鬼火，要沉着，不能跑，一跑，把气流带动了，鬼火就会跟着你追。你跑得越快，它追得越紧。虽然明知道这是磷，是一种物质，不是什么“鬼火”，不过一群绿光追着你，还是怕人的。

李小龙用平常的速度轻轻地走着。

到了贞节牌坊跟前倒真的吓了他一跳！一条黑影，迎面向他走来。是个人！这人碰到李小龙，大概也有点紧张，跟小龙擦身而过，头也不回，匆匆地走了。这个人，那么黑的天，你跑到马上要下大雨的田野里去干什么?

到了几户种菜人家的跟前，李小龙的心才真的落了下来。种菜人家的窗缝里漏出了灯光。

李小龙一口气跑到家里。刚进门，“哗——”大雨就下来了。

李小龙搬了一张小板凳，在灯光照不到的廊檐下，对着大雨倾注的空庭，一个人呆呆地想了半天。他要想想今天的印象。

李小龙想：我还是走回来了。我走在半道上没有想退回去。如果退回去，我就输了，输给黑暗，又输给了我自己。

李小龙回想着鬼火，他觉得鬼火很美。

李小龙看见过鬼火了，他又长大了一岁。

注释

原载《东方少年》一九八四年第一期。

香港的鸟

早晨九点钟，在跑马地一带闲走。香港人起得晚，商店要到十一点才开门，这时街上人少，车也少，比较清静。看见一个人，大概五十来岁，手里托着一只鸟笼。这只鸟笼的底盘只有一本大三十二开的书那样大，两层，做得很精致。这种双层的鸟笼，我还是头一次见到。楼上楼下，各有一只绣眼。香港的绣眼似乎比内地的更为小巧。他走得比较慢，近乎是在散步。——香港人走路都很快，总是匆匆忙忙，好像都在赶着去办一件什么事。在香港，看见这样一个遛鸟的闲人，我觉得很新鲜，至少他这会儿还是清闲的，——也许过一个小时他就要忙碌起来了。

他这也算是遛鸟了，虽然在林立的高楼之间，在狭窄的人行道上遛鸟，不免有点滑稽。而且这时候遛鸟，也太晚了一点。——北京的遛鸟的这时候早遛完了，回家了。莫非香港的鸟也醒得晚？

在香港的街上遛鸟，大概只能用这样精致的双层小鸟笼。像徐州人那样可不行。——我忽然想起徐州人遛鸟。徐州人养百灵，笼极高大，高三四尺（笼里的“台”也比北京的高得多），无法手提，只能用一根打磨得极光滑的枣木杆子做扁担，把鸟笼担着。或两笼，或三笼、四笼。这样的遛鸟，只能在旧黄河岸，慢慢地走。如果在香港，担着这样高大的鸟笼，用这样的慢步遛鸟，是绝对不行的。

我告诉张辛欣，我看见一个香港遛鸟的人，她说：“你就注意这样的事情！”我也不禁自笑。

在隔海的大屿山，晨起，听见斑鸠叫。艾芜同志正在散步，驻足而听，说：“斑鸠。”意态悠远，似乎有所感触，又似乎没有。

宿大屿山，夜间听见蟋蟀叫。

喜迎香港回归　一九九七年五月　汪曾祺

临离香港，被一个记者拉住，问我对于香港的观感，匆促之间，不暇细谈，我只说："眼花缭乱，应接不暇"，并说我在香港听到了斑鸠和蟋蟀，觉得很亲切。她问我斑鸠是什么，我只好模仿斑鸠的叫声，她连连点头。也许她听不懂我的普通话，也许她真的对斑鸠不大熟悉。

香港鸟很少，天空几乎见不到一只飞着的鸟，鸦鸣鹊噪都听不见，但是酒席上几乎都有焗禾花雀和焗乳鸽。香港有那么多餐馆，每天要消耗多少禾花雀和乳鸽呀！这些禾花雀和乳鸽是哪里来的呢？对于某些香港人来说，鸟是可吃的，不是看的，听的。

城市发达了，鸟就会减少。北京太庙的灰鹤和宣武门城楼的雨燕现在都没有了。但是我希望有关领导在从事城市建设时，能注意多留住一些鸟。

注释

原载一九八六年三月三十日《光明日报》。

录音压鸟

听到一种鸟声："光棍好苦。"奇怪！这一带都是楼房，怎么会飞来一只"光棍好苦"呢？鸟声使我想起南方的初夏、雨声、绿。"光棍好苦"也叫"割麦插禾""媳妇好苦"。这种鸟的学名是什么，我一直没有弄清楚，也许是"四声杜鹃"吧。接着又听见布谷鸟的声音："咕咕，咕咕。"唔？我明白了：这是谁家把这两种鸟的鸣声录了音，在屋里放着玩哩，——季节也不对，九十月不是"光棍好苦"和布谷叫的时候。听听鸟叫录音，也不错，不像摇滚乐那样吵人。不过他一天要放好多遍。一天下楼，又听见。我问邻居：

"这是谁家老放'光棍好苦'？"

“八层！养了一只画眉，‘压’他那只鸟哪！”

过了几天，八层的录音又添了一段，母鸡下蛋：咯咯咯咯、咯咯咯咯、咯咯咯咯嗒……

又过了几天，又续了一段：咪噢，咪噢。小猫。

我于是肯定，邻居的话不错。

培训画眉学习鸣声，北京叫作“压”鸟。“压”亦写作“押”。

北京人养画眉，讲究有“口”。有的画眉能有十三或十四套口，即能学十三四种叫声。比较一般的是苇咋子（一种小水鸟）、山喜鹊（蓝灰色）、大喜鹊，还有“伏天儿”（蝉之一种），鸣声如“伏天伏天……”。我一天和女儿在玉渊潭堤上散步，听见一只画眉学猫叫，学得真像，我女儿不禁笑出声来：“这不是自己吓唬自己吗？”听说有一只画眉能学“麻雀争风”：两只麻雀，本来挺好，叫得很亲热；来了个第三者，跟母麻雀调情，公麻雀生气了，和第三者打了起来；结果是第三者胜利了，公麻雀被打得落荒而逃，母麻雀和第三者要好了，在一处叫得很亲热。一只画眉学三只鸟叫，还叫出了情节，我真有点不相信。可是养鸟的行家都说这是真事。听行家们说，压鸟得让画眉听真鸟，学山喜鹊就让它听山喜鹊，学苇咋子就听真苇咋子；其次，就是向别的有“口”的画眉学。北京养画眉的每天集中在一起，谓之“会鸟”，目的之一就是让画眉互相学习。靠听录音，是压不出来的！玉渊潭有一年飞来了一只“光棍好苦”，一只布谷，有一位，每天拿着录音机，追踪这两只鸟。我问养鸟的行家：“他这是干什么？”——“想录下来，让画眉学，——瞎白！”

北京养画眉的大概有不少人想让画眉学会“光棍好苦”和布谷。不过成功的希望很少。我还没听到一只画眉有这一套“口”

的。那位不辞辛苦跟踪录音的“主儿”也是不得已。“光棍好苦”和布谷北京极少来，来了，叫两天就飞走了。让画眉跟真的“光棍好苦”和布谷学，“没门儿”！

我们楼八层的小伙子（我无端地觉得这个养画眉的是个年轻人，一个生手）录的这四套“学习资料”，大概是跟别人转录来的。他看来急于求成，一天不知放多少遍录音。一天到晚，老听他的“光棍好苦”“咕咕”“咯咯咯咯嗒”“喵呜”，不免有点叫人厌烦。好在，我有点幸灾乐祸地想，这套录音大概听不了几天了，他这只画眉是只“生鸟”，“压”不出来的。

我不反对画眉学别的鸟或别的什么东西的声音（有的画眉能学旧日北京推水的独轮小车吱吱扭扭的声音；有一阵北京抓社会治安，不少画眉学会了警车的尖厉的叫声，这种不上“谱”的叫声，谓之“脏口”，养画眉的会一把抓出来，把它摔死）。也许画眉天生就有学这些声音的习性。不过，我认为还是让画眉“自觉自愿”地学习，不要灌输，甚至强迫。我担心画眉忙着学这些声音，会把它自己本来的声音忘了。画眉本来的鸣声是很好听的。让画眉自由地唱它自己的歌吧！

注释

原载一九九一年十一月五日《解放日报》。

灵通麻雀

闵兆华家有过一只很怪的麻雀。

这只麻雀跌在地上，折了一条腿（大概是小孩子拿弹弓打的），兆华的爱人捡了起来，给它上了一点消炎粉，用纱布裹巴裹巴，麻雀好了。好了，它就不走了。兆华有一顶旧棉帽子，挂在墙上，就成了它的窝。棉帽子里朝外，晚上，它钻进去，兆华的爱人把帽子翻了过来，它就在帽里睡一夜。天亮了，棉帽子往外一翻，它就忒楞楞楞要出来了。兆华家不给它预备鸟食。人吃什么它吃什么。吃饭的时候，它落在兆华爱人的肩上，兆华爱人随时喂它一口。它生了病——发烧，给它吃了一点四环素之类的药，也就好了。它每天就出去玩，但只要兆华爱人在窗口喊一声：“鸟——”，它砰的一声就飞回来。

兆华爱人绣花。有时因事走开，麻雀就看着桌上的绣活，谁也不许动。你动一下，它就鸽你！

兆华领回了工资，放在大衣口袋里，麻雀会把钞票一张一张地叼出来，送到兆华爱人——它的女主人面前！

我知道这只麻雀的时候，它已经活了四年多，毛色变得很深，发黑了。

有一位鸟类学专家曾特地到兆华家去看过这只麻雀。他认为有两点不可解：

一、麻雀的寿命一般是两年，这只麻雀怎么能活了四年多呢？

二、鸟类一般是没有思维的。这只麻雀能看绣花，叼钞票，这算什么呢？能够说是思维么？

天地间有许多事情需要做新的探索。

注释

原载一九八六年七月二十八日《北京晚报》。

狼的母性

香港大概没有狼。

中国很多地方有狼。

绍兴有狼。鲁迅写的祥林嫂的孩子阿毛就是被狼吃了的。

昆明有狼。我在昆明郊区看到一些人家的砖墙上用石炭画了一个一个的白圈，问人：这是干什么？答曰：是防狼的。狼性多疑，它怕中了圈套。

张家口有狼。口外长途车站有一个站名就叫狼窝沟。在张家口想买一件狼皮褥子毫不费事，也很便宜。狼皮褥子可以隔潮，垫了狼皮褥子不易得风湿。我在张家口的沙岭子下放劳动了三年，有一只狼老来偷果园里的葡萄，而且专偷“白香蕉”。白香蕉是葡萄的名种，果粒色白，而有香蕉味道。后来叫一个农业工人用步枪打死了。剖开肚子，一肚子都是白香蕉！

呼和浩特有狼。

大青山狼多。狼多昼伏夜出。有一个在山里打过游击的朋友告诉我：“那几年，狼下山，我下山；狼回山，我回山。”有一个游击队员在半山睡着了，一只狼爬到他身上，他惊醒了，两手掐住狼脖子不放，竟把狼掐死了。后来熟人见他都开玩笑：“武松打虎，××掐狼。”

游击队在山里行军，发现三只小狼埋在沙坑里，只露出三个小脑袋。一个小战士很奇怪，问人：“这是怎么回事？”一个有经验的老战士告诉他：“小狼出痘子，母狼就把它们用砂土埋起来，过几天再刨出来。”小战士把三只小狼刨出来，背走了。这一下惹了麻烦：游击队到哪里，母狼跟到哪里。蹲在不远的地方哀叫，一叫一黑夜。又不能开枪打，怕暴露目标。叫了几夜，后来小战士听了老战士的劝，把小狼放了，晚上宿营，才能睡个安生觉。

呼伦贝尔有狼。

海拉尔，离市区不远的山里有一窝狼，两只老狼，三只狼崽子。有一个农民知道了，趁老狼不在的时候把狼崽子掏了。畜产公司收购，大狼一只三十块钱，小狼十五。三只小狼能卖四十五块钱。老狼回来了，就找掏狼崽子的人。找到海拉尔桥头，没办法了。原来这个农民很有经验，知道老狼会循着他身上的气味跟踪的，——狼鼻子非常尖，他到了海拉尔桥就下了河，从河里走了。河水把他的气味冲走了。线索断了。这两只老狼就连夜祸害桥边的村子，咬死了几个孩子。狼急疯了，要报复。后来是动用了解放军，围剿了一夜，才把老狼打死了。

注释

原载一九八七年六月二十五日香港《大公报》。

野鸭子是候鸟吗？

爱荷华河里常年有不少野鸭子，游来游去，自在得很。听在这个城市里住了二十多年的老住户说，这些野鸭子原来也是候鸟，冬天要飞走的（爱荷华气候跟北京差不多，冬天也颇冷，下大雪）。近二三年，它们不走了，因为吃得太好了。你拿面包扔在它们的身上，它们都不屑一顾。到冬天，爱荷华大学的学生用棉花给它们在大树下絮了窝，它们就很舒服地躲在里面。它们不但是“寓公”，简直像要永久定居了。动物的生活习性也是可以改变的。这些野鸭都长得极肥大，看起来和家鸭差不多。

在美国，汽车轧死一只野鸭子是要罚钱

的。高速公路上有一只野鸭子，汽车就得停下来，等它不慌不忙地横穿过去。诗人保罗·安格尔的家（他家的门上钉了一块铜牌，下面一行是安格尔的姓，上面一行是两个隶书的中国字“安寓”，这一定是夫人聂华苓的主意）在一个小山坡上，下面即是公路。由公路到安寓也就是二百米。他家后面有一小块略为倾斜的空地。每天都有一些浣熊来拜访。给这些浣熊投放面包，成了安格尔的日课。安格尔七十九岁生日，我写了一首打油诗送给他，中有句云：

心闲如静水，
无事亦匆匆。
弯腰拾山果，
投食食浣熊。

聂华苓说：“他就是这样，一天为这样的事忙忙叨叨。”浣熊有点像小熊猫，尾巴有节，但较短，颜色则有点像大熊猫，黑白相间，胖乎乎的，样子很滑稽。它们用前爪捧着面包片，忙忙地嚼啮，有时停下来，向屋里看两眼。我们和它们只隔了一扇安了玻璃的门，真是近在咫尺。除了浣熊，还有鹿。有时三只、四只，多的时候会有七只。安格尔喂它们玉米粒，它们的“餐厅”地势较浣熊的略高，玉米粒均匀地撒在草地上。一般情况下，它们大都在下午光临。隔着窗户，可以静静地看它们半天。它们吃玉米粒，安格尔和我喝“波尔本”，彼此相安无事。离开汽车不断奔驰的公路只有两百米的地方有浣熊，有鹿，这在中国是不可想象的事。乌热尔图曾和安格尔开玩笑，说：“我要是有一支枪，就可以打下一只鹿。”安格尔说：“你拿枪打它，我就拿枪打你！”

美国的动物不知道怕人。我在爱荷华大学校园里看见一只野兔悠闲地穿过花圃，旁若无人。它不时还要停下来，四边看看。它是在看风景，不是看有没有“敌情”。

在斯普林菲尔德的林肯故居前草地看见一只松鼠走过。我在中国看到的松鼠总是窜来窜去，惊惊慌慌，随时作逃走的准备，像这样在平地上“走”着的松鼠，还是头一次见到。

白宫前面草坪上有很多松鼠，有人用面包喂它们，松鼠即于人的手掌中就食，自来自去，对人了无猜疑。

在保护动物这一点上，我觉得美国人比咱们文明。他们是绝对不会用枪打死白天鹅的。

一九八八年十一月七日

注释

原载一九八八年十一月二十日《经济日报》。

秋葵·凤仙花·秋海棠

秋葵叶似鸡脚，又名鸡脚葵、鸡爪葵。花淡黄色，淡若无质。花瓣内侧近蒂处有檀色晕斑。花心浅白，柱头深紫。秋葵不是名花，然而风致楚楚。古人诗说秋葵似女道士，我觉得很像，虽然我从未见过一个女道士。

凤仙花有单瓣、复瓣。单瓣者多为水红色。复瓣者为深红、浅红、白色。复瓣者花似小牡丹，只是看不见花蕊。花谢，结小房如玉搔头。凤仙花极易活，籽熟，花房裂破，籽实落在泥土、砖缝里，第二年就会长出一棵一棵的凤仙花，不烦栽种。凤仙花可染指甲。凤仙花捣烂，少加矾，用花叶包于指尖，历一夜，第二天指甲就成了浅浅的红颜色。北京人即谓凤仙为“指甲花”。现在大概没有用凤仙花染指甲的了，除非偏远山区的女孩子。

我们那里的秋海棠只有一种，矮矮的草本，开浅红色四瓣的花，中缀黄色的花蕊如小绒球。像北京的银星海棠那样硬秆、大叶、繁花的品种是没有的。

我母亲生肺病后（那年我才三岁）移居在一小屋中，与家人隔离。她死后，这间小屋就成了堆放她生前所用家具什物的贮藏室。有时需要取用一件什么东西，我的继母就打开这间小屋，我也跟着进去看过。这间小屋外面有一小天井，靠墙有一个秋叶形的小花坛。花坛里开着一丛秋海棠。也没有人管它，它自开自落。我母亲没有给我留下什么记忆。我记得的只有两件事。一件是我父亲陪母亲乘船到淮安去就医，把我带在身边。船篷里挂了好些船家自腌的大头菜（盐腌的，白色，有点像南浔大头菜，不像云南的“黑芥”），我一直记着这大头菜的气味。另一件便是这丛秋海棠。我记住这丛秋海棠的时候，我母亲去世已经有两三年了。我并没有感伤情绪，不过看见这丛秋海棠，总会想到母亲去世前是住在这里的。

香橼·木瓜·佛手

我家的“花园”里实在没有多少花。花园里有一座“土山”。这“土山”不知是怎么形成的，是一座长长的隆起的土丘。“山”上只有一棵龙爪槐，旁枝横出，可以倚卧。我常常带了一块带筋的酱牛肉或一块榨菜，半躺在横枝上看小说，读唐诗。“山”的东麓有两棵碧桃，一红一白，春末开花极繁盛。“山”的正面却种了四棵香橼。我不知道我的祖父在开园堆山时为什么要栽了这样几棵树。这玩意儿就是“橘逾淮南则为枳”的枳（其实这是不对的，橘与枳自是两种）。这是很结实的树。木质坚硬，树皮紧细光滑。叶片经冬不凋，深绿色。树枝有硬刺。春天开白色的花。花后结圆球形的果，秋后成熟。香橼不能吃，瓤极酸涩，很香，不过香得不好闻。凡花果之属有香气者，总要带点甜味才好，香橼的香气里却带有苦味。香橼很肯结，树上累累的都是深绿色的果子。香橼算是我家的“特产”，可以摘了送人。但似乎不受欢迎。没有什么用处，只好听它自己碧绿地垂在枝头。到了冬天，皮色变黄了，放在盘子里，摆在水仙花旁边，也还有点意思，其时已近春节了。总之，香橼不是什么佳果。

香橼皮晒干，切片，就是中药里的枳壳。

花园里有一棵木瓜，不过不大结。我们所玩的木瓜都是从水果摊上买来的。所谓“玩”，就是放在衣口袋里，不时取出来，凑在鼻子跟前闻闻。——那得是较小的，没有人在口袋里揣一个茶叶罐大小的木瓜的。木瓜香味很好闻。屋子里放几个木瓜，一屋子随时都是香的，使人心情恬静。

我们那里木瓜是不吃的。这东西那么硬，怎么吃呢？华南切为小薄片，制为蜜饯。——厦门人是什么都可以做蜜饯的，加了很多味道奇怪的药料。昆明水果店将木瓜切为大片，泡在大玻璃缸里。有人要买，随时用筷子夹出两片。很嫩，很脆，很香。泡木瓜的水里不知加了什么，否则这木头一样的瓜怎么会变得如此脆嫩呢？中国人从前是吃木瓜的。《东京梦华录》载“木瓜水”，这大概是一种饮料。

佛手的香味也很好。不过我真不知道一个水果为什么要长得这么奇形怪状！佛手颜色嫩黄可爱。《红楼梦》贾母提到一个蜜蜡佛手，蜜蜡雕为佛手，颜色、质感都近似，设计这件摆设的工匠是个聪明人。蜜蜡不是很珍贵的玉料，但是能够雕成一个佛手那样大的蜜蜡却少见，贾府真是富贵人家。

佛手、木瓜皆可泡酒。佛手酒微有黄色，木瓜酒却是红色的。

橡　栗

橡栗即“狙公赋芧”的芧，不知道为什么我们小时候却叫它“茅栗子”。这是“形近而讹”么？不过我小时候根本不认得这个“芧”字。橡即栎。我们也不认得“栎”字，只是叫它“茅栗子树”。我们那里茅栗子树极少，只有西门外小校场的西边有一棵，很大。到了秋天，茅栗子熟了，落在地下，我们就去捡茅栗子玩。茅栗有什么好玩的？形状挺有趣，有一点像一个小坛子，不过底是尖的。皮色浅黄，很光滑。如此而已。我们有时在它的像个小盖子似的蒂部扎一个小窟窿，插进半截火柴棍，成了一个“捻捻转”。用手一捻，它就在桌面上旋转，像一个小陀螺。如此而已。

小校场是很偏僻的地方，附近没有什么人家。有一回，我和几个女同学去捡茅栗子，天黑下来了，我们忽然有些害怕，就赶紧往城里走。路过一家孤零零的人家门外，门前站着一个岁数不大的人，说：“你们要茅栗子么？我家里有！”我们立刻感到：这是个坏人。我们没有搭理他，只是加快了脚步，拼命地走。我是同学里的唯一的男子汉，便像一个勇士似的走在最后。到了城门口，发现这个坏人没有跟上来，才松了一口气。当时的紧张心情，我过了很多年还记得。

梧　桐

一叶落而知天下秋，梧桐是秋的信使。梧桐叶大，易受风。叶柄甚长，叶柄与树枝连接不很结实，好像是粘上去的。风一吹，树叶极易脱落。立秋那天，梧桐树本来好好的，碧绿碧绿，忽然一阵小风，欻的一声，飘下一片叶子，无事的诗人吃了一惊：啊！秋天了！其实只是桐叶易落，并不是对于时序有特别敏感的“物性”。梧桐落叶早，但不是很快就落尽。《唐明皇秋夜梧桐雨》证明秋后梧桐还是有叶子的，否则雨落在光秃秃的枝干上，不会发出使多情的皇帝伤感的声音。据我的印象，梧桐大批地落叶，已是深秋，树叶已干，梧桐籽已熟。往往是一夜大风，第二天起来一看，满地桐叶，树上一片也不剩了。

梧桐籽炒食极香，极酥脆，只是太小了。

我的小学校园中有几棵大梧桐，大风之后，我们就争着捡梧桐叶。我们要的不是叶片，而是叶柄。梧桐叶柄末端稍稍鼓起，如一小马蹄。这个小马蹄纤维很粗，可以磨墨。所谓“磨墨”，其实是在砚台上注了水，用粗纤维的叶柄来回磨蹭，把砚台上干硬的宿墨磨化了，可以写字了而已。不过我们都很喜欢用梧桐叶柄来磨墨，好像这样磨出的墨写出字来特别的好。一到梧桐落叶那几天，我们的书包里都有许多梧桐叶柄，好像这是什么宝贝。对于这样毫不值钱的东西的珍视，是可以不当一回事的么？不啊！这里凝聚着我们对于时序的感情。这是“俺们的秋天”。

一九八八年十一月九日

注释

原载《散文世界》一九八九年第一期。

雁不栖树

苏东坡《卜算子》：

> 缺月挂疏桐，漏断人初静。谁见幽人独往来？缥缈孤鸿影。
>
> 惊起却回头，有恨无人省。拣尽寒枝不肯栖，寂寞沙洲冷。

苕溪渔隐曰："'拣尽寒枝不肯栖'之句，或云：鸿雁未尝栖宿树枝，唯在田野苇丛间，此亦语病也。"雁不落在树上，只在田野苇丛间，这是常识，苏东坡会不知道么？他是知道的。他的诗《高邮陈直躬处士画雁》一开头说："野雁见人时，未起意先改。君从何处看？得此无人态。”虽未说出雁出何处，但给人的感觉是在沙滩上。下面就说得很清楚了："北风振枯苇，微雪落璀璀。惨淡云水昏，晶荧沙砾碎。”然而苏东坡怎么会搞出这样语病来呢？

这首词的副题作“黄州定慧院寓居作”。“缺月挂疏桐，漏断人初静”，是庭院中的即景。这只孤雁怎会在缺月疏桐之间飞来飞去呢？或者说：雁想落在疏桐的寒枝上，但又觉得不是地方，想回到沙洲，沙洲又寂寞而冷，于是很彷徨。不过这样解词未免穿凿。一首看来没有问题、很好懂的词竟成了谜语，这是我初读此词时所未想到的。

《能改斋漫录》卷十六："东坡先生谪居黄州，作卜算子云云，其属意盖为王氏女子也，读者不能解。”这里似乎还有个浪漫故事。是怎么回事，猜不出。《漫录》又云："张右史文潜继贬黄州，访潘邠老，当得其详，题诗以志之。”读张文潜的题诗，更觉得莫名其妙。

雁为什么不能栖在树上？因为雁的脚趾是不能弯曲的，抓不住树枝。雁、鹅、鸭都是这样。不能“赶着鸭子上架”，因为鸭脚在架上待不住。鸟类的脚趾有一些是不能弯曲的。画眉可以待在“栖棍”上，百灵就不能，只能在砂底上跳来跳去，“哨”的时候也只能立在“台”上。

辛未年正月初四

注释

原载一九九一年三月六日《文汇报》。

七十一岁

七十一岁弹指耳，苍苍来径已模糊。
深居未厌新感觉，老学闲抄旧读书。
百镒难求罪己诏，一钱不值升官图。
元宵节也休空过，尚有风鸡酒一壶。

编后记

我接手主编这套丛书的时候，有几分惶恐，有几分欣慰。惶恐的是怕汪迷嗤之以鼻，谓自身几斤几两皆不知，还能充当主编。欣慰的是，我虽从未走出高邮，但因一直守望乡土，拥有许多文友的呵护与支持，拥有父母官和汪老家人的关注和信任。我便有了特殊的自信，自踏入文艺界三十多年来，常常心想事成，要干的事总能干成干好。

高邮赵德清君，并非我的学生，他却以师相待。近年，他开设了“汪迷部落”微信公众号，分设出“文化旅游”“美食”“影视音乐书画”三个专题群，高邮“汪迷群”与上海、北京、扬州等地十多个“汪迷群”、文学文艺爱好者群建立了联系，在网络世界里，世界各地的汪曾祺文学爱好者的相互交流日益加强，“汪迷部落”二〇一九年十一月二十六日关注量达一万四千二百三十九人次。

在此书付梓之际，我由衷感谢出版社领导和编辑的认可及调整。为编此书，数月来，重温汪老的各类作品，反复揣摩，从中选取经典之作。我虽已届耄耋之年，体弱多病，但愿意接受这一劳心费力的挑战，善始善终地完成这“玩命”（家人语，你忙得要书不要命）的工作，要一“玩”到底。我也诚心欢迎广大读者指正，如此幸甚！

陈其昌

二〇一九年十二月六日

图书在版编目（CIP）数据
万物静观皆有灵 / 汪曾祺著. —南京：译林出版社，2020.7
（汪曾祺经典）
ISBN 978-7-5447-8158-9

I.①万… II.①汪… III.①中国文学 - 当代文学 - 作品综合集 IV.①I217.2

中国版本图书馆CIP数据核字（2020）第 029801 号

万物静观皆有灵　汪曾祺 / 著

责任编辑　王兰英
特约编辑　张　彤
装帧设计　鹏飞艺术
校　　对　刘文硕
责任印制　贺　伟

出版发行　译林出版社
地　　址　南京市湖南路 1 号 A 楼
邮　　箱　yilin@yilin.com
网　　址　www.yilin.com
市场热线　010-85376701
排　　版　鹏飞艺术
印　　刷　山东临沂新华印刷物流集团有限责任公司
开　　本　960 毫米 ×640 毫米　1/16
印　　张　17.5
版　　次　2020 年 7 月第 1 版　2020 年 7 月第 1 次印刷
书　　号　ISBN 978-7-5447-8158-9
定　　价　42.80 元